HENRI TROYAT
de l'Académie française

LA FIANCÉE DE L'OGRE

BERNARD GRASSET
PARIS

LA FIANCÉE DE L'OGRE

Préface

Quels étaient les sentiments de la grande-duchesse Anna Pavlovna, sœur cadette du tsar Alexandre Ier, envers Napoléon ? Ce qui est certain, c'est qu'elle a été demandée en mariage, à l'âge de quatorze ans et demi, par l'empereur des Français qui venait de répudier Joséphine, que des pourparlers fiévreux ont été engagés entre les deux capitales, que Caulaincourt, ambassadeur de France à Saint-Pétersbourg, a fait de son mieux pour préparer cette union et que, si le projet avait abouti, la face du monde en eût été changée. Pour le reste, je me suis fié à mon instinct en essayant d'analyser les mouvements d'âme d'une très jeune fille sur le point d'être livrée à « l'Ogre corse ». Tous les événements de ce récit sont donc conformes à la vérité, mais, usant de mon privilège de romancier, je me suis permis de les présenter sous la forme du journal intime de mon héroïne.

H.T.

I

Jamais je n'oublierai ces journées de terreur, de prière, de larmes et de remue-ménage. C'était en mars 1801. J'avais six ans. Nous habitions, avec ma mère l'impératrice Marie Fedorovna, tantôt le palais de Gatchina, dans les environs de la capitale, tantôt le palais d'Hiver. Puis nous nous sommes tous transportés au château Michel, où notre père, l'empereur Paul Ier, avait, je ne sais trop pourquoi, élu domicile. Peut-être s'y croyait-il mieux protégé qu'ailleurs ? Une bâtisse aux murs rouge sang, immense, sinistre et glaciale, en plein cœur de Saint-Pétersbourg. Malgré le feu constamment entretenu dans les cheminées, l'humidité suintait des murs, la peinture des fresques s'écaillait, des courants d'air sifflants passaient sous les portes. Dans ce décor peu avenant, j'eus quelque peine à retrouver le courant des études et des divertissements quotidiens. J'étais une fillette sage, docile et discrète. Sous l'œil vigilant de mes nurses et gouvernantes – la Suissesse Mlle de Sybourg, qu'on appelait affectueusement Boveris, la comtesse de Lieven, la colonelle Julie Adlerberg, l'Ecossaise Miss Lyon – je m'efforçais d'oublier l'ennui des leçons en rêvant à un destin de princesse favorisée par la gentille conspiration des fées. Autour de moi, tout n'était que tradition, bonne tenue, sourires, révérences et piété. On parlait surtout le français, à la rigueur l'anglais et l'allemand, l'usage du russe étant réservé aux rapports avec les domestiques et les prêtres. C'est donc en français que j'ai résolu d'écrire le récit de ma vie, devenue déraisonnable par excès de raison.

Au vrai, je grandissais dans l'illusion que le monde entier avait été créé pour servir la famille impériale. Cette famille était très nombreuse : dix enfants. La différence d'âge entre nous était telle que les aînés et les cadets vivaient dans deux univers séparés par une cloison étanche. Les premiers partageaient les soucis et les joies des adultes, alors que les seconds jouaient encore à la poupée et aux soldats de plomb. A vingt-quatre ans, mon frère Alexandre, l'héritier de la couronne, me paraissait une sorte d'oncle bienveillant. Il m'appelait cérémonieusement « Anna Pavlovna », alors que ma mère et mes autres frères m'appelaient Annette. Certes, il le faisait par taquinerie, mais j'en étais troublée. Je me sentais plus à l'aise avec ma sœur Catherine, qui, malgré ses treize ans, s'affirmait déjà comme une jeune fille accomplie. Elle était belle, délurée, intelligente, volontaire. Je pouvais rester des heures à contempler les ondulations naturelles de sa chevelure. On disait d'elle, dans notre entourage, qu'elle était faite pour régner sur les âmes et sur les terres, comme feu notre grand-mère, la glorieuse Catherine II de Russie. Au vrai, tous les êtres qui se penchaient sur ma vie d'enfant me semblaient tendres et dignes de respect. Entre moi et les autres, il y avait des épaisseurs moelleuses de coton. Je m'alanguissais dans une sécurité douillette.

Et puis, ce matin de mars 1801, au réveil, tout changea. Il n'y eut plus dans le palais que des visages de consternation. La comtesse de Lieven pleurait, reniflait, et son menton duveteux bougeait par saccades. Miss Lyon, bien qu'étrangère, se signait à tout bout de champ devant les icônes de ma chambre. J'entendais des pas précipités dans le corridor. On m'habilla en hâte et j'appris que j'étais exceptionnellement dispensée de leçons. Ce fut la colonelle Julie Adlerberg qui me donna la clef du mystère : « Votre père est mort cette nuit d'une attaque d'apoplexie », me dit-elle dans un sanglot. Au vrai, ce décès d'un être si proche de moi et si tendrement aimé m'affligea au point que je fus contrariée en m'apercevant que je n'étais pas seule à le pleurer, et que je partageais ce deuil avec toute la nation. On me volait mon chagrin en y associant une multitude d'étrangers. D'ailleurs, dans l'empire russe, la frontière était difficile à établir, en ce temps-là, entre la mort naturelle et le régicide. Toujours est-il que, après le décès prématuré du tsar Paul Ier, la vie continua son petit bonhomme de chemin. Ce fut ma mère qui prit aussitôt les rênes en main. L'héritier était tout désigné : mon frère aîné Alexandre. J'ai toujours eu pour ma mère une vénération mêlée de crainte. Etait-ce sa blondeur, sa corpulence, son teint vermeil ou son accent allemand qui me mettait mal à l'aise ? Froide et autoritaire, elle était l'incarnation du devoir, de la santé florissante et de l'étiquette. Elle faisait le bien avec tant d'énergie que, devant elle, sans avoir rien à me reprocher, je me sentais fautive.

Nous ayant introduits dans le cabinet de travail du nouvel empereur, elle nous aligna face à lui et prononça d'une voix forte, en nous désignant d'un mouvement théâtral du bras droit : « A présent, Alexandre, c'est vous leur père ! » Alexandre inclina la tête en silence. Il paraissait accablé par la responsabilité qui venait de lui tomber sur les épaules. Je le regardai avec intensité, comme pour déceler une métamorphose dans sa physionomie depuis son passage du rôle de tsarévitch à celui de tsar. Mais il était toujours le même, grand, beau et pâle, avec ses joues rasées, les bandelettes de ses favoris châtain clair, son menton à fossette, son haut front couronné de cheveux blonds frisés et ses yeux bleus d'une lumière candide. Il portait l'uniforme vert foncé des chevaliers-gardes, à épaulettes d'argent, des culottes de daim blanc et des bottes à l'écuyère aux bouts pointus. Non, rien ne s'était modifié, chez lui, en apparence, et pourtant il était autre de la tête aux pieds. On lui disait « Votre Majesté ». Au-dessus de lui, il n'y avait que la Bible et Dieu. Même le décor où il évoluait quotidiennement avait pris une apparence sacrée. J'avais quitté les lieux familiers de notre enfance à tous deux pour entrer dans un palais, peut-être même dans une église. Je dus me contenir pour ne pas tomber à genoux devant celui qui n'était plus simplement mon frère. La belle Catherine baissait la tête, le regard au sol, les bras pendants, comme désarticulée. Bien que promue impératrice régnante, Elisabeth Alexeïevna avait l'air plus effacée encore que de coutume. Même Marie Fedorovna, devenue du jour au lendemain impératrice douairière, témoignait à Alexandre le respect dévotieux dû non à un fils mais à un monarque. Cependant, ce matin même, il voulut la rassurer. Quoi qu'il advînt, elle resterait, dit-il, le chef de la maison pour les questions intérieures. A elle seule appartiendraient, comme par le passé, les décisions touchant l'éducation des enfants et leur établissement. Il se réservait la conduite du pays et lui abandonnait celle de la famille. Elle l'en remercia, sans excès, comme si cette résolution allait de soi. On eût cru qu'elle lui en voulait sans oser le dire.

C'est seulement deux ans plus tard que j'appris, par des indiscrétions de domestiques, l'atroce vérité. Mon père n'était pas cet homme vertueux et débonnaire dont je révérais la mémoire, mais un despote à demi fou qui, toute sa vie durant, avait terrorisé le pays par ses foucades. Passionné de la chose militaire, il exténuait ses soldats par d'interminables parades, expédiant les officiers en Sibérie pour la moindre faute d'alignement dans un défilé, affolait ses sujets par des lois absurdes et des châtiments démesurés, et rêvait de transformer la Russie en une gigantesque caserne où tout le monde s'habillerait et vivrait à l'allemande. Ses extravagances avaient poussé à bout les esprits les plus avisés de la nation. Il n'était pas mort d'une attaque d'apoplexie comme on me l'avait assuré d'abord, mais assassiné par un groupe de conspirateurs, étranglé (affreuse précision !) avec son écharpe de commandement. Et cette immolation avait été, chuchotait-on, perpétrée, sinon avec le concours, du moins avec l'assentiment de son fils aîné, le pacifique, le songeur Alexandre.

Personne, dans la famille, ne faisait allusion aux circonstances du drame. La version du décès naturel était officiellement admise par le peuple, la cour et l'armée. Les auteurs du régicide n'avaient pas été inquiétés – tout au plus renvoyés, pour un temps, dans leurs terres – et chacun, dans le pays délivré, s'efforçait d'oublier l'époque noire et se réjouissait de l'élévation au trône du jeune et superbe Alexandre Ier.

Pourtant, aujourd'hui encore, alors que tant d'années se sont écoulées depuis ces événements, je ne puis me débarrasser d'une lancinante impression de culpabilité. L'idée de ce parricide, plus ou moins souhaité, me hante comme si, moi aussi, j'en étais responsable. Derrière le noble visage d'Alexandre, j'imagine celui, épouvanté, de mon père, que des brutes pourchassent à travers sa chambre, bousculent, frappent, étouffent. Il me semble soudain que tout le passé de notre famille est éclaboussé de sang et de boue. Et que, autour de nous, règne la même atmosphère de déférence hypocrite que si l'empereur Paul Ier s'était éteint paisiblement dans son lit.

Pour les fêtes du couronnement d'Alexandre, au mois de septembre de la même année, ma mère nous emmena à Moscou, mon frère

Nicolas et moi, en dépit de notre jeune âge. De ces journées solennelles, je n'ai retenu que le souvenir d'une folle bousculade autour du carrosse qui nous emportait, avec nos gouvernantes, à travers les rues de la seconde capitale. Des visages en liesse dansaient derrière les vitres des portières. Un hourra grondant s'échappait de toutes les poitrines. Des hommes, des femmes se signaient au passage du nouveau tsar. Il était à cheval et en grand uniforme. On baisait ses bottes, la croupe de sa monture. On acclamait en lui « le clair soleil » qui allait dissiper les ténèbres du temps de Paul Ier. Des vivats saluaient aussi son frère Constantin, deuxième personnage dans l'ordre de la succession, l'impératrice régnante, Elisabeth Alexeïevna, l'impératrice mère, Marie Fedorovna, ma sœur aînée Catherine, scintillante comme une châsse dans sa robe de cour, et nous-mêmes, les derniers enfants du tsar défunt. Toute la famille était, comme il se doit, du cortège et avait droit à l'adoration de la foule. Mais il me semblait confusément que cet excès d'amour constituait une menace. Je me collais à l'épaule de la vieille comtesse de Lieven pour chercher protection contre l'enthousiasme des inconnus qui vociféraient à notre vue. Nicolas, en revanche, bien que mon cadet d'un an et demi, était fort amusé par le tohu-bohu de la ville. Il sautillait sur sa banquette, tirait la langue aux gens qui s'approchaient trop de la voiture et ne tenait aucun compte des remontrances de la comtesse de Lieven et de Miss Lyon. Même pendant la cérémonie du sacre, il tourna la tête de tous côtés au lieu de prier. La messe me parut interminable, malgré la beauté des chants et la splendeur des toilettes. J'avais hâte de retrouver Saint-Pétersbourg, ma chambre, mes habitudes, mes poupées.

Après ces heures d'éblouissement, tout rentra dans l'ornière. L'autre grand événement de ma vie fut l'apprentissage de la danse, que je fis en même temps que mon frère Nicolas, comme il sied à des enfants de haute origine. Notre maître en la matière était le charmant M. Le Pic. Il nous initiait infatigablement aux finesses du menuet, de la gavotte et du menuet à la reine. D'autres nous enseignaient, bien sûr, avec une sévérité implacable, le russe, l'histoire, la géographie, la littérature générale, l'arithmétique, le latin, que sais-je encore ? Le tout sous la conduite de l'Allemand Storch et le contrôle de la comtesse de Lieven. Rond de partout et les cheveux coupés en brosse, Storch me faisait penser à un horloger suisse, bien que je n'en eusse jamais rencontré. Il avait toute la science du monde dans sa tête. Et il savait m'intéresser aux sujets les plus ardus. Quand il dissertait sur un ton doctoral avec son doux regard filtrant à travers des lunettes cerclées d'or, j'avais envie de devenir aussi savante que lui pour lui plaire. Mes progrès dans les différentes disciplines relevant de sa compétence étaient d'ailleurs assez rapides. Mais l'essentiel, pour une demoiselle de condition, était de bien parler le français. Je me perfectionnais dans l'usage de cette langue grâce aux leçons d'un émigré maniéré et bavard, M. du Puget Dyverdon. Avec les subtilités du vocabulaire et de la grammaire, il nous apprenait la haine de la révolution, qui avait défiguré et ensanglanté sa patrie. Il ne désignait les sans-culottes que sous les vocables de « tigres » ou de « bouchers ». Je lui dois de savoir m'exprimer aujourd'hui encore avec plus d'aisance en français qu'en russe. C'est donc tout naturellement en français que j'ai choisi de rédiger mes Mémoires.

A cette époque, ma mère s'était installée, avec ses plus jeunes enfants, dans le triste palais de Gatchina, à une cinquantaine de verstes de la capitale. C'était la résidence préférée de notre père. Marie Fedorovna y avait ses meilleurs souvenirs. En outre, elle espérait que notre éducation serait mieux surveillée dans cette sévère retraite qu'à Saint-Pétersbourg, lieu d'intrigue, de médisance et de frivolité. A Gatchina, nous mûrissions lentement entre nous, filles et garçons, loin des rumeurs du monde. J'avais de l'affection pour mon petit frère Nicolas, mais il ne s'intéressait qu'à des jeux guerriers. Sa passion était de revêtir un uniforme, de battre le tambour et de souffler dans une trompette en marchant au pas. Il entraînait notre cadet, Michel, dans des escarmouches entre soldats de plomb et de porcelaine. On lui avait offert une maison en miniature. Il l'avait aussitôt entourée de figurines en bois colorié qui étaient des sentinelles. Pour lui, un édifice, quel qu'il fût, devait être gardé militairement. Quant aux filles de la famille, Marie et Catherine, elles étaient trop grandes pour s'intéresser à nos gamineries. Les deux aînées, Alexandra et Hélène, s'étaient d'ailleurs éloignées, ayant épousé, la première Joseph, archiduc d'Autriche, palatin de Hongrie, la seconde Frédéric-Louis, prince héritier de

Mecklembourg-Schwerin. Elles étaient mortes, toutes deux, peu de temps après leur mariage. Ce double deuil avait profondément affecté notre mère. Elle se reprochait d'avoir préparé la perte de ses deux enfants chéries en les conduisant trop jeunes à l'autel. Mais, malgré ce remords, elle ne se laissait pas abattre. Il y avait en elle un ressort qui lui permettait de faire face aux pires catastrophes. Parmi sa multiple progéniture, seule Catherine me paraissait avoir hérité de son optimisme et de sa vivacité.

Autant j'appréhendais les visites de ma mère, qui avait toujours quelque remontrance à nous faire, à nous, les petits, autant je me réjouissais chaque fois que ma grande sœur Catherine venait nous voir. Elle était si gaie que tous les visages s'éclairaient à son approche. Souvent, pour m'amuser, elle me rapportait des potins de la cour et me décrivait les robes des femmes à la mode dans la haute société pétersbourgeoise. Elle n'avait pas sa pareille pour définir un personnage en trois mots. Un tel ressemblait à un vieux concombre blafard, poilu et racorni, une telle à une souris grise au museau pointu et aux yeux en tête d'épingle. Je riais de bon cœur avec elle. Il me paraissait normal qu'Alexandre éprouvât à son égard une trouble passion. Un jour, il lui murmura devant moi : « Si je n'étais pas votre frère, je vous aurais épousée ! » Et il lui déposa un baiser derrière l'oreille. Je le soupçonnais de la rencontrer seul à seule pour jouir de son babillage, de ses mines et je dirai presque de son parfum. A nous, les derniers-nés, il ne consacrait que quelques minutes, de loin en loin, entre deux rendez-vous. Les affaires de l'empire lui prenaient tout son temps. Il s'était entouré d'un « cabinet secret », composé de quelques amis de jeunesse en qui il avait toute confiance. Ma mère les appelait ses « chouchous » et n'attendait rien de bon de leurs décisions. Cependant, elle ne protesta pas trop contre les mesures libérales prises au début du nouveau règne.

Bien entendu, je n'étais guère au courant de ce qui se tramait dans les hautes sphères de la politique. Ce qui me préoccupait, c'était ma lente mutation de fillette en adolescente. Dès neuf ans, je guettais sur mon visage, sur mon corps, les signes d'un mûrissement que j'appelais de tous mes vœux. Une grande émotion me fut donnée par le mariage de ma troisième sœur, Marie, avec Charles-Frédéric, prince de Saxe-Weimar. Encore une qui partait au bras d'un homme ! Mon tour viendrait-il un jour ? Et quand ?

En revanche, ce fut avec une relative indifférence que j'appris, au hasard des conversations, la prise du pouvoir, en France, par un nommé Bonaparte, l'enlèvement et l'assassinat, sur son ordre, du duc d'Enghien, et le couronnement du « misérable usurpateur » par le pape en personne, sous le nom bizarre de Napoléon. Tout le monde, à la cour, traînait dans la fange l'aventurier corse qui prétendait rivaliser de légitimité avec les souverains authentiques. N'avait-il pas déjà écrasé les forces austro-piémontaises et avalé, en une bouchée, toute l'Italie ? Où s'arrêterait-il dans son monstrueux festin ? Les échos de cette indignation parvenaient assourdis, déformés, dans ma chambre d'enfant. Toutefois je m'éveillai subitement de ma torpeur à l'annonce de l'entrée en guerre de la Russie, aux côtés de l'Autriche et de l'Angleterre, contre la France, dont les armées, conduites par Napoléon, venaient d'envahir l'Allemagne du Sud. Toute la population de Saint-Pétersbourg fraternisait dans un enthousiasme belliqueux. Des inconnus se congratulaient et s'embrassaient dans la rue, les églises ne désemplissaient pas devant l'afflux des fidèles accourus pour recommander à Dieu les valeureux soldats russes.

Porté par cet élan aveugle, Alexandre partit, en grand arroi, pour le théâtre des opérations. Et ce fut, après quelques engagements sanglants, la terrible défaite d'Austerlitz. Humilié, le tsar dut se résoudre à incliner ses drapeaux et à accepter la signature, à Paris, d'une paix somme toute convenable. Cela ne l'empêcha pas de s'allier, aussitôt après, avec la Prusse et de provoquer ainsi la colère de Napoléon. Il fallut les désastres militaires d'Eylau et de Friedland pour qu'Alexandre se résignât à demander une trêve.

Au mois de juin 1807, lorsque eut lieu la fameuse entrevue de Tilsit entre l'empereur victorieux et l'empereur vaincu, j'avais à peine douze ans et demi. Sans bien comprendre la signification de l'événement, j'en lisais l'importance sur le visage de mes proches. Tous étaient abattus. On parlait d'une montagne de morts inutiles, d'un deuil national, de trahison, de malédiction, ou du moins de criminelle maladresse. Pourtant, quand Alexandre, ayant scellé une amitié de contrainte avec Napoléon, revint à Saint-Pétersbourg, il y fut accueilli avec soulagement. On avait craint que le Corse sans scrupule ne le retînt prisonnier à Tilsit ou ne le fît assassiner par ses sbires.

Le lendemain du retour d'Alexandre, ma mère nous réunit tous, nous les enfants, grands et petits, dans son salon bleu pervenche et, assise dans un fauteuil comme sur un trône, la tête haute, le regard altier, elle nous dit d'un ton prophétique : « Nous vivons des heures graves. La Russie est saignée à blanc. Le tsar a jugé bon de se réconcilier avec l'artisan de notre ruine. Espérons qu'il a été guidé en cela par la volonté de Dieu. Il ne nous reste plus qu'une chose à faire : prier pour que, de concession en concession, notre cher pays ne devienne pas une province de la France. » J'en conclus que notre mère ne pardonnait pas à Alexandre d'avoir déclaré une guerre qu'il n'était pas en mesure de gagner.

L'année suivante, il aggrava le mécontentement de l'impératrice douairière et, je crois, de toute la Russie, en acceptant une deuxième entrevue avec Napoléon, cette fois à Erfurt. J'étais désolée de la mésentente que je décelais au sein de la famille. Jamais encore je n'avais subi les effets d'un tel tiraillement entre la raison et le sentiment, entre l'âge et la jeunesse, entre les bienfaits de la paix et la fulgurante aventure de la guerre. Tout en donnant raison à notre mère, qui, forte de son expérience, ne pouvait se tromper, je plaignais Alexandre de s'être enfoncé dans un bourbier de malentendus, face à un potentat qui était l'ennemi du genre humain. Mon petit frère Nicolas proclamait, en bombant le torse, qu'il fallait donner une leçon au tyran français et se disait prêt, malgré son jeune âge, à s'enrôler dans l'armée. Ce fut Miss Lyon qui me donna confiance en l'avenir de notre patrie. Elle m'assura que, d'après les informations qu'elle avait recueillies dans les milieux diplomatiques, le tsar, en se rendant à Erfurt, ne songeait qu'à endormir la méfiance de Napoléon et à gagner du temps pour prendre sa revanche au moment propice. Je fus ravie de ces nouvelles et comptai sur ma charmante préceptrice pour m'initier aux secrets de la politique. Mais elle était sur le point de se marier et bientôt quitta le palais pour se consacrer à sa vie de femme.

Elle fut remplacée auprès de moi par une brunette alerte et spirituelle, Nathalie Mikhaïlovna Baranova. Cette nouvelle venue était plus une demoiselle d'honneur qu'une gouvernante. Agée de vingt-cinq ans, elle ne payait pas de mine. Menue, maigrichonne, le cheveu rare, la bouche mince, l'œil fureteur, elle semblait constamment aux aguets et parlait si vite qu'elle butait sur les mots. Bien qu'elle fût plutôt laide, je tombai sous son charme et en fis ma confidente. Elle était la nièce du ministre Roumiantseff et m'affirmait que, grâce à son oncle, elle « savait tout avant tout le monde ». Mais ce n'étaient pas tant ses révélations politiques qui me touchaient que ses attentions envers ma petite personne. Vers treize ans, j'étais devenue sottement coquette. Nathalie m'aidait à choisir mes robes pour la journée, exigeait de me coiffer elle-même et m'apprenait des pas de danse devant la glace. Très vite, nous devînmes des amies. A toute force elle voulait me persuader que j'étais capable de plaire. Malgré son insistance, je refusais de croire qu'un homme de qualité pût être séduit par mon visage banal, au nez plongeant et au regard triste. Mon père Paul Ier m'appelait sa « petite brebis ». Même quand je me souriais dans un miroir, j'avais l'air d'une victime. Nathalie soutenait que c'était une façon d'être qui affriolait les messieurs. Nous parlions beaucoup d'amour en tête-à-tête. Elle n'avait pas de soupirant déclaré. Mais elle aussi rêvait d'un brillant mariage. Malheureusement, ses parents, bien que de noble naissance, avaient été ruinés quelques années auparavant; elle n'avait pas de dot; et, comme elle était plutôt désavantagée par la nature, les prétendants se faisaient attendre. Parfois aussi, elle me disait qu'elle souhaitait, quand elle aurait fini son service à la Cour, se retirer dans un couvent. Elle m'incita à lire des romans sentimentaux, et en particulier *La Pauvre Lise*, de Karamzine. Nous pleurâmes ensemble sur les malheurs de l'héroïne. Un soir, en m'aidant à me mettre au lit, Nathalie me confia que l'empereur délaissait sa femme, la mélancolique Elisabeth Alexeïevna, qu'il avait une maîtresse attitrée et que tout le palais était au courant. Il s'agissait de Marie Antonovna Narychkine. Le mari, grand veneur de Sa Majesté et possesseur d'une fortune colossale, fermait les yeux sur une liaison qui flattait son orgueil. Cette créature magnifique et dévergondée avait même donné à Alexandre un enfant adultérin, mort peu après l'accouchement. De son côté, toujours selon Nathalie, l'impératrice se consolait de sa disgrâce par des aventures galantes sans lendemain. En écoutant ces histoires de passions coupables, de jeux pervers sous le voile des convenances, je me sentais à mille lieues de l'univers corrompu des grandes personnes. Je doutais d'y accéder un jour. Et je me demandais même si j'en avais envie. Chaque soir, en prenant congé de moi sur une révérence, Nathalie me disait : « Bonne nuit, Votre Altesse impériale, ma charmante Anna Pavlovna ! Faites de beaux rêves ! » Mais ses révélations m'agitaient si fort que je m'endormais avec la crainte d'être visitée par un cauchemar.

Après que l'empereur eut quitté Saint-Petersbourg à destination d'Erfurt, ma mère fit célébrer une messe votive à la cathédrale de Kazan. Toute la famille impériale et tous les dignitaires, assemblés dans la nef, prièrent pour que notre tsar bien-aimé résistât aux entreprises du monstre français. On disait qu'afin de mieux séduire notre souverain Napoléon avait organisé en son honneur une réception fastueuse, avec revue des troupes, banquets, bals, excursions, spectacles... Je joignis mes oraisons à celles de la foule avec le sentiment de défendre ma patrie contre un immense danger : pourvu que mon frère gardât la tête froide !

En me retrouvant dans ma chambre avec Nathalie au soir de cette journée officielle, je lui fis part de mes appréhensions. Elle rit et s'écria :

— Et moi je vous parie que tout va s'arranger !

— Par les armes ?

— Non, par les femmes.

— Comment cela ?

— Il paraît que Napoléon a l'intention de répudier Joséphine, parce qu'elle ne peut lui donner un héritier.

— Il en a le droit ?

— Il a tous les droits, Votre Altesse impériale !

— Soit. Mais qu'est-ce que cela change pour nous ?

— Bien des choses ! dit Nathalie en posant un doigt sur ses lèvres.

J'eus beau la presser de questions, elle me jura qu'elle n'en savait pas plus, mais que d'après les lettres de son oncle, qui avait accompagné Alexandre dans son voyage, il se pouvait fort bien que la rencontre d'Erfurt consacrât une chaleureuse réconciliation entre la Russie et la France.

Je restai sur ma faim jusqu'au retour d'Alexandre. Le lendemain de son arrivée à Saint-Pétersbourg, ma mère vint me voir et m'annonça d'un ton détaché :

— A propos, Napoléon nous a fait savoir qu'il souhaiterait épouser votre sœur Catherine.

Je faillis perdre l'équilibre. La poitrine oppressée, les genoux faibles, je murmurai :

— Ce n'est pas possible !
— Pourquoi ? Vingt ans ! Elle a l'âge !
— Et qu'avez-vous répondu ?
— Rien encore, dit Marie Fedorovna. Nous réfléchissons.

Et elle sortit de la chambre, me laissant frappée de stupeur, incapable de décider si j'étais heureuse ou terrifiée pour Catherine de ce choix léonin.

II

Les jours suivants, on pesa le pour et le contre. Toute la famille était en émoi. Ma mère, gardienne de l'honneur dynastique, et Alexandre, dont l'ambassadeur de France Caulaincourt attendait, en piaffant, la réponse, avaient de nombreux conciliabules avec Catherine. Je n'étais évidemment pas tenue au courant de ces pourparlers matrimoniaux. Mais Nathalie Baranova, fine mouche, se dépêcha de me renseigner. Selon elle, Catherine n'était pas hostile à l'idée d'épouser Napoléon : la promesse de régner sur les Français lui faisait tout avaler en bloc. Au contraire, ma mère se déclarait révulsée par la perspective de donner sa fille à un individu de sac et de corde, qui n'avait aucun droit héréditaire au titre de chef d'Etat. Quant à Alexandre, tout en redoutant de froisser son ennemi d'hier par un refus, il hésitait, lui aussi, devant l'humiliation d'une telle mésalliance. D'autant que sa très chère « Cateau » avait encore embelli et qu'en l'expédiant en France il l'eût perdue de vue pour toujours. Une si brutale séparation était, je pense, au-dessus de ses forces. Il cherchait un faux-fuyant qui lui permît de garder notre sœur en Russie sans soulever de complications diplomatiques avec « l'allié français ». Pendant ces heures de transactions secrètes, je me demandais comment Napoléon avait pu se décider à solliciter la main de Catherine sans l'avoir jamais rencontrée. S'était-il fondé uniquement sur les rapports élogieux de Caulaincourt et de ses agents en Europe ? En somme, une affaire politique d'où le cœur était tristement absent. Envisagée sous cet angle, la proposition de Napoléon était à la fois flatteuse et affligeante.

Je m'interrogeais encore sur l'issue de l'imbroglio lorsque la nouvelle éclata avec le fracas d'une bombe : la grande-duchesse Catherine allait épouser, dans les tout prochains jours, le prince Georges d'Oldenbourg, passé depuis peu au service du tsar. J'avais déjà vu ce personnage falot à une réception au palais. Il était laid, chétif, couvert de boutons et bègue. Mais Catherine se disait enchantée. Etait-elle heureuse d'avoir échappé à Napoléon ou cachait-elle sa déception sous un masque de joie ? En dépit de mon aversion instinctive pour l'empereur des Français, je considérais qu'elle avait perdu au change. A l'évidence, elle s'était pliée, par respect de la tradition, aux volontés de notre mère et de notre frère. Dans son entourage, tout le monde feignait d'applaudir à sa chance. Je n'avais plus guère l'occasion de me retrouver en tête-à-tête avec elle. Pourtant, lors de la présentation officielle des vœux aux fiancés, je pus la prendre à part et lui posai la question qui me brûlait les lèvres : « Est-il vraiment l'élu de votre cœur ? » Elle sourit en balançant sa fine tête de porcelaine et répondit à mi-voix : « Ma petite Annette, sachez que, dans le mariage, le bonheur est à celles qui savent peindre les œufs de Pâques les plus banals avec les plus vives couleurs. » Et elle retourna auprès de ses invités. Sa réflexion me laissa songeuse. Voulait-elle insinuer que la réussite d'un couple dépendait du talent de la femme à tout enjoliver autour d'elle ? En la voyant aux côtés de son fiancé, j'étais plutôt tentée de croire que l'obsession du mariage était si forte chez certaines jeunes filles qu'elles étaient prêtes à sacrifier leurs sentiments intimes au plaisir vaniteux de se faire passer la bague au doigt. Et je me jurai d'être différente.

Napoléon prit d'autant plus mal la dérobade de Catherine qu'Alexandre conféra au mariage de sa sœur un éclat inaccoutumé. La bénédiction nuptiale s'entoura de toute la pompe imaginable. Et les galas qui lui succédèrent éblouirent les plus pointilleux, les plus grincheux des observateurs. Quarante-cinq mille soldats rangés le long des rues, cadeaux superbes, dîners, bals, feux d'artifice, spectacles, avec la fameuse actrice Mlle George au théâtre de l'Ermitage. On eût dit que la cour de Russie voulait donner ainsi une réplique aux fastes français d'Erfurt. Circonstance aggravante pour la France, les hôtes de marque conviés à ces cérémonies étaient le roi et la reine de Prusse, ennemis jurés de Napoléon. Le bruit courait, à Saint-Pétersbourg, qu'Alexandre éprouvait une tendre inclination envers la reine Louise. Aussi étais-je impatiente de la voir. Comme je venais d'avoir quatorze ans, je fus, à ma grande satisfaction, admise à toutes les réjouissances officielles. Peu habituée à cette débauche de fêtes, la tête me tournait un peu dans la cohue scintillante et sautillante des salons. J'avais eu droit, pour l'occasion, à trois robes neuves. Nathalie me disait que j'étais en beauté. Mais, quand je me comparais aux héroïnes de ces réceptions, j'avais l'impression d'être un oisillon déplumé égaré au royaume des cygnes. Catherine, la reine Louise, l'impératrice Elisabeth Alexeïevna éclipsaient les autres femmes par la grâce de leur visage et la splendeur de leurs toilettes. Bien entendu, Alexandre multipliait les propos galants autour de la reine Louise, mais il se montrait également très empressé auprès de sa maîtresse Marie Antonovna Narychkine. Celle-ci arborait une robe blanche très simple avec, pour seul ornement dans ses cheveux de jais, un brin de « ne-m'oubliez-pas ». En face d'elle, la souveraine de Prusse se montrait les épaules et le corsage largement dénudés, et toute harnachée de diamants et de perles. Bien qu'elle fût enceinte, elle tenait à plaire au maître de la Russie comme au dernier des laquais. Sa peau avait une pâleur laiteuse. Ses lèvres, toujours souriantes, appelaient le baiser. Je trouvais qu'Alexandre avait tort de s'intéresser à elle, alors que son épouse était autrement séduisante et mystérieuse dans sa modestie.

Naviguant entre les groupes, le marquis de Caulaincourt faisait grise mine. Pour lui, ces festivités russo-prussiennes étaient un camouflet à Napoléon. Il dévisageait Catherine à la dérobée, d'un œil malveillant, comme si elle eût été une pièce de choix qui lui avait échappé au moment des enchères. D'ailleurs, tout le monde battait froid au Français dans l'assistance. Il n'y en avait que pour la jeune mariée et les illustres invités prussiens. Catherine ouvrit le bal au bras de son époux, qui dansait avec la raideur d'un balai de crin. Caulaincourt s'approcha de moi et murmura avec un sourire ironique : « A voir ces splendeurs internationales, je me demande qui on fête aujourd'hui : la grande-duchesse Catherine ou la reine Louise ? » J'hésitai une seconde et répliquai : « Ma sœur Catherine reçoit ici le tribut de notre amour et la reine Louise celui de notre courtoisie. » Il parut égayé par ma réponse et s'écria : « Votre Altesse impériale rendrait des points à nos plus fins diplomates ! » Mais, visiblement, il n'était pas content.

Je m'amusai beaucoup à cette soirée. Un jeune gentilhomme de la chambre, Valérien Znamenski, me fit même des compliments sur ma coiffure que Nathalie avait décorée de fleurs en tissu imitant les roses. Il avait un visage dodu, avec des yeux d'un bleu de faïence, aux longs cils de fille, et une pomme d'Adam proéminente au-dessus du col brodé de son uniforme. Mon titre de grande-duchesse l'impressionnait si fort qu'il évitait de me regarder en parlant. Il me dit son admiration pour je ne sais quelle ode de Derjavine. Je n'avais rien lu de ce poète, bien qu'il fût universellement connu, mais cachai mon ignorance derrière une moue dubitative. Pour me convaincre, Znamenski me récita quelques vers avec fougue. Ses prunelles étincelaient. Un instant, il me parut séduisant. Pendant sa déclamation, Nathalie s'approcha de nous. Elle avait un air de doux reproche. Je compris qu'elle jugeait malséant pour une altesse impériale cet aparté avec un quidam, fût-il au service de la Cour. Sans doute était-ce ma mère qui l'avait chargée de me rappeler à l'ordre. Je m'éloignai de Znamenski à regret.

— Il vous a fait le coup de Derjavine, me dit Nathalie.

— Oui, avouai-je de mauvaise grâce.

— C'est un fieffé coureur ! Il a sa méthode. Mais je reconnais qu'il ne manque pas d'allure.

Une bouffée de chaleur me monta aux joues et je balbutiai :

— Cela n'a aucune importance !

— En tout cas, reprit Nathalie, il s'est trompé d'adresse. Votre Altesse impériale doit viser plus haut !

— Je ne vise rien du tout, répliquai-je sèchement.

Elle me menaça du doigt et, comprenant que j'avais eu tort de me vexer, je pouffai de rire, entraînant Nathalie à partager ma bonne humeur. A plusieurs reprises, Znamenski vint rôder autour de notre groupe. Je me divertissais de son manège. Tout à coup, il me sembla que j'étais aussi belle, aussi rouée et aussi spirituelle que Catherine.

En me retournant sur mon passé, je constate qu'il y avait en moi, du temps de ma prime jeunesse, un absurde mélange d'ambition et de timidité. Je me sentais à la fois indigne d'un destin exceptionnel et impatiente de démontrer le contraire. Mes rêves m'emportaient d'autant plus loin que mes contemplations dans le miroir se révélaient plus décevantes. Et, pendant que je m'interrogeais sur mon avenir en soupirant devant la glace de ma table de toilette, l'histoire du monde marchait à grands pas.

Guerre entre l'Autriche et la France. Fort bien. Mais voici les premières défaites des Autrichiens. Malgré la promesse d'Alexandre de soutenir en toute circonstance son allié français, les troupes russes sont absentes du champ de bataille de Wagram. En conséquence, Napoléon, furieux, impose, par le traité de Vienne, en octobre 1809, l'extension du grand-duché de Varsovie et le partage de presque toute la Pologne sous protectorat français au détriment des intérêts de la Russie défaillante.

A la suite de ces nombreuses erreurs de la politique russe, l'atmosphère, chez nous, au palais, était maussade. On avait l'impression que Napoléon déplaçait à sa guise les frontières, disposait des peuples comme d'un cheptel, et que quiconque s'avisait de lui résister perdait son trône. Tout en faisant les bravaches, la plupart des souverains d'Europe ne régnaient qu'avec sa permission. Les malédictions qu'ils lui adressaient en sourdine, du fond de leurs palais et de leurs églises, ne prévalaient pas contre la bonne étoile qui guidait sa marche vers la conquête du monde. Réfugiée à Gatchina avec ma mère et mes plus jeunes frères, je me contentais de prier pour que la fringale du monstre dévorant épargnât la Russie. Ma chère Nathalie continuait à m'affirmer que, d'après son oncle Roumiantseff, nous ne risquions rien. Ce disant, elle avait un air mystérieux qui m'agaçait et me mettait la puce à l'oreille.

Tout s'éclaira un jour de novembre 1809. Ma mère me convoqua dans ses appartements, me fit asseoir devant elle, me prit les deux mains et, me regardant droit dans les yeux, prononça d'une voix éteinte par l'émotion :

— J'ai une grave nouvelle à vous annoncer, Annette. Ecarté par votre sœur Catherine, Napoléon se rabat sur vous.

A ces mots, un calme étrange s'empara de ma tête. J'étais en quelque sorte étonnée de n'être pas plus étonnée. Comme si, sans le savoir, j'avais été préparée de longue date à cette éventualité. Comme si la chose avait été déjà discutée entre Napoléon et moi.

— Ah ! oui..., balbutiai-je. C'est... c'est... Pourquoi pas ?...

— On ne vous demande pas votre avis, coupa ma mère.

Je redressai le front :

— Ne suis-je pas la principale intéressée ?

— La principale intéressée, c'est la Russie, dit-elle durement.

Et, se radoucissant, elle poursuivit :

— Nous examinons la situation, Alexandre et moi. D'un côté, si nous repoussons Napoléon une fois de plus, il s'aigrira, s'emportera et trouvera vite un prétexte pour nous attaquer. En outre, notre peuple, instruit d'une proposition de mariage qui aurait peut-être éloigné le fléau de la guerre, reprochera au tsar et à moi-même de l'avoir refusée. D'un autre côté, puis-je vous sacrifier, vous, ma petite Annette, au bien de l'Etat ? Vous n'avez pas quinze ans et il en a quarante. Son caractère scélérat ne connaît aucun frein. Quel supplice ne serez-vous pas appelée à subir dans son ombre ? Et s'il vient à mourir, qu'adviendra-t-il de vous ? Comment supposer que la dynastie de cet usurpateur sera respectée ? Autant de questions qui nous agitent. Comme toujours, Napoléon est pressé. Il court la poste. Caulaincourt nous demande de nous prononcer dans les heures qui viennent. Fort heureusement, Alexandre est obligé de partir pour Moscou. Nous remettrons la décision à plus tard. Quel dommage que Catherine ne soit pas auprès de nous ! Mais je lui écrirai à Tver pour solliciter son conseil. Elle a un esprit juste et fort. Et de mon côté, d'ici là, j'aurai étudié toutes les solutions possibles. Soyez tranquille, mon enfant, nous agirons pour le mieux !

Elle avait un air si résolu en m'annonçant cela que je n'eus pas le courage de protester. Je savais que ma naissance me condamnait à épouser un homme choisi par elle et par mon frère selon des considérations strictement politiques. Une grande-duchesse de Russie ne s'appartient pas. Elle n'est femme qu'en apparence. En réalité, elle représente une figurine de bois ou d'ivoire, un pion sur l'échiquier de l'Europe. Me pousserait-on sur la case de la France, ou sur quelque case secondaire, comme pour Catherine ? Dans le secret de mon cœur, j'espérais une destinée impériale et française. Par orgueil, par goût du risque, par revanche sur mon physique ingrat. Rassemblant mon courage, je murmurai :

— Je ferai comme vous voudrez, mère. Mais l'idée de vivre à Paris ne me déplairait pas.

Ma mère se renversa dans son fauteuil et un accès de rire secoua son opulente poitrine dans un corsage pourpre et or, puissamment baleiné.

— Ne vous occupez donc pas de cela ! Vous serez avertie en temps utile. Allez maintenant.

Et, m'ayant bénie d'un signe de croix, elle me donna sa main à baiser. Je sortis, bouleversée.

Peu après me revint en mémoire l'histoire d'Elisabeth Ire, dont j'avais entendu dire qu'elle avait été promise, très jeune, au roi de France Louis XV, alors âgé de quinze ans, et que ces fiançailles précoces avaient été rompues au dernier moment pour d'obscures raisons politiques. N'était-ce pas là un précédent significatif ? Et devais-je m'en réjouir ou m'en alarmer ? J'en parlai à ma mère, à quelques jours de là, lors d'une autre visite. Elle parut fâchée de ce rapprochement et se borna à me dire :

— C'est une vieille histoire. Tout le monde a été maladroit dans ces tractations : la France autant que la Russie. D'ailleurs, si vous cherchez des comparaisons, avant Elisabeth il y a eu, au onzième siècle, un projet de mariage franco-russe qui a abouti, celui d'Anna de Kiev, la fille du prince Iaroslav Ier de Kiev, qui épousa Henri Ier, roi de France. Mais c'est si loin, tout cela ! Les mentalités ont beaucoup évolué depuis ! N'y pensez plus !

Or, j'y pensais tellement que j'interrogeai à ce sujet Grégoire Matveieff, mon ancien professeur. Il parut agacé par ce rappel historique et refusa de se lancer dans de vains commentaires. Tout ce que je retins de cette incursion dans le passé de ma patrie, c'est qu'il y avait depuis longtemps une attirance sentimentale de la France vers la Russie, et vice versa. J'en déduisis que le terrain était préparé, et qu'en s'intéressant à moi Napoléon obéissait à une inclination traditionnelle. Ce qui me troublait surtout, c'était le fait de porter le même prénom qu'Anna de Kiev. J'y décelais une sorte de prédestination. Mais Napoléon m'avait-il choisie parce que j'étais la seule grande-duchesse disponible en Russie après le rapide mariage de Catherine ? Ou bien s'était-il décidé parce que Caulaincourt lui avait fait parvenir une miniature me représentant sous une apparence flatteuse ? Les derniers temps, chaque fois que je rencontrais cet homme élégant et discret dans une réception, il s'arrangeait pour échanger quelques mots avec moi. Son regard me jaugeait comme si j'avais été à vendre. J'en étais à la fois gênée dans ma pudeur et agréablement chatouillée dans mon amour-propre.

En me retrouvant dans ma chambre, je m'abandonnai à un espoir déraisonnable. Je rêvai que ma mère acceptait Napoléon pour gendre, que mon frère me conduisait à Paris où le peuple français m'accueillait dans un délire de joie, et que, après un mariage somptueux qui assemblait autour de moi toutes les têtes couronnées d'Europe, j'entreprenais, avec les seuls moyens de la séduction féminine, la conquête d'un homme dont l'univers entier redoutait les sautes d'humeur. Ma douceur le désarmait et le mettait à genoux. Je lui retirais le glaive de la main. Le minotaure devenait agneau. Et, à notre exemple, la Russie et la France, cessant de se haïr, communiaient dans une fraternelle tendresse. La difficulté de la tâche, loin de me paralyser, exaltait mon courage. Plus je craignais Napoléon, et plus je désirais devenir son épouse. Plus je réfléchissais à l'énorme différence d'âge, et plus je me persuadais que ma jeunesse, ma fraîcheur, assureraient mon pouvoir sur un mari vieillissant et revenu de tout. Je serais pour lui le dernier rayon de soleil sur un jardin crépusculaire. « Ah ! fasse Dieu, pensais-je, que ma mère et mon frère partagent ma foi en l'avenir ! »

Au comble de l'excitation, je mandai Nathalie et lui répétai, mot pour mot, la conversation que je venais d'avoir avec ma mère. Je comptais sur l'ébahissement de ma demoiselle d'honneur, mais elle m'avoua qu'elle était au courant, depuis quelques jours déjà, des intentions de Napoléon. Les collaborateurs de

Roumiantseff n'avaient pas su tenir leur langue. A Gatchina comme à Saint-Pétersbourg, on épiloguait autour de la nouvelle dans les bureaux et les antichambres.

— Il ne m'appartenait pas de vous en parler avant votre mère, me dit Nathalie. Cependant, puisque vous voilà au fait, je peux tout vous raconter par le menu. Napoléon a officiellement annoncé, devant sa famille réunie, qu'il répudiait Joséphine. Le Sénat a reçu l'acte et préparé un sénatus-consulte pour le légaliser. En même temps, Sa Majesté votre frère a été informé du désir de l'empereur des Français de vous prendre pour épouse. Sans attendre la réponse du tsar, Caulaincourt a précisé à Paris que vous alliez avoir quinze ans dans les premiers jours de janvier 1810, qu'à sa connaissance vous étiez nubile depuis quatre mois et que vous lui paraissiez tout à fait apte à avoir des enfants. La nouvelle s'est déjà ébruitée en France. Des gazettes s'en sont emparées et entourent le projet de commentaires sympathiques. Sur les bords de la Seine, on parle du « mariage probable de Byzance avec Rome », de « Charlemagne avec Irène » ! Certains esprits aventureux prévoient même le divorce avec Joséphine en décembre, vos noces avant la fin de janvier 1810, et un héritier de la dynastie des Bonaparte, dans son berceau doré, en 1811. Mais ici, comme votre mère vous l'a dit, on hésite : votre jeune âge, le fait d'épouser un traîneur de sabre, divorcé de surcroît, la question religieuse... Il est inconcevable qu'une grande-duchesse russe se fasse baptiser catholique, et les Français accepteront-ils que leur nouvelle impératrice ait une chapelle orthodoxe particulière et que des popes barbus hantent les Tuileries ? Tout cela est bien compliqué ! Je vous plains d'être l'enjeu de ces marchandages. Il paraît que, si votre mère et votre frère acceptaient, Napoléon nous offrirait la Pologne en échange !

— Une grande-duchesse pour prix d'un pays ! soupirai-je, accablée.

— Cela vous donne la mesure de l'intérêt que vous porte votre magnifique prétendant ! Il y a dans cet imbroglio des coïncidences qui font rêver. Je n'ai pas besoin de vous rappeler lesquelles : Anna de Kiev et Anna de Saint-Pétersbourg ; Henri Ier et Napoléon Ier ! L'histoire n'innove pas toujours. Il arrive qu'elle se répète !

Depuis le début de notre conversation, un froid glacial succédait, peu à peu, à mon enthousiasme. Je me sentais tout à coup si petite, si vulnérable que je regrettais mes six ans, mes jouets et mes gouvernantes. Je chuchotai :

— J'ai peur, Nathalie !
— De quoi ?
— De la réussite de mon vœu comme de son échec !
— Et quel est votre vœu ?

Incapable de répondre, je fondis en larmes. Elle m'entoura les épaules de son bras et me berça avec précaution. Son cœur battait contre le mien. Elle psalmodiait :

— Allons, allons !... Tout finira par s'arranger... Ici ou là-bas, avec lui ou avec un autre...
— Je ne veux pas d'un autre ! m'écriai-je. C'est lui ou personne !
— L'avez-vous dit à votre mère ?
— Non. Je n'ai pas osé.
— Le lui direz-vous un jour ?
— Je ne le crois pas...
— Alors comment pourrait-elle le savoir ?
— Je ne souhaite pas qu'elle le sache !...

Vous seule pouvez me comprendre... Oh ! que je suis malheureuse, Nathalie !... J'ai honte que tant de gens s'occupent de moi, parlent de moi !... J'aimerais disparaître dans un trou de souris !...

Les sanglots m'étouffaient. Tandis que Nathalie s'efforçait de me consoler, des pas se rapprochaient de la porte. Nathalie s'écarta et dit à voix basse :

— Essuyez vos yeux. On vient. Et pensez à Anna de Kiev. Elle n'a pas fait tant d'histoires, elle, pour accepter !

C'était mon jeune frère Nicolas. Savait-il déjà, lui aussi ? J'eus beaucoup de peine à conserver devant lui une attitude naturelle. Il m'apportait un livre que lui avait remis pour moi Valérien Znamenski : des poèmes de Derjavine. Décidément, ce soupirant transi avait de la suite dans les idées. Je jetai le volume sur la table. Une fleur séchée glissa d'entre les pages et tomba sur le tapis. Je ne la ramassai pas. Tout cela était dépassé. Sans doute ne lirais-je jamais ces vers. J'avais, pour l'heure, d'autres pensées en tête. Znamenski, avec son visage de pâte molle et son habit de gentilhomme de la chambre, me semblait appartenir à une vie antérieure. J'entendais à peine ce que disait Nicolas. Il discourait dans un bruit de crécelle. Ses plaisanteries, qui me faisaient rire naguère, me paraissaient à présent de médiocres enfantillages. Nous n'avions pas un an et demi de différence, mais cinq ans, dix ans... J'étais impatiente de le voir partir. Quand il eut repassé la porte, je m'allongeai sur mon lit. La voix de Nathalie me tira de mon hébétude :

— Il faut vous préparer, Votre Altesse impériale. N'oubliez pas le bal de la princesse Dolgorouki, ce soir !

— C'est vrai ! Quel ennui !...

— Il y aura là toute la cour, tout le corps diplomatique !

— Le général de Caulaincourt ? demandai-je distraitement.

— A coup sûr !

Un courant électrique me parcourut. Je bondis sur mes jambes.

— Allons choisir ma robe, dis-je. Vous me conseillerez... Je n'ai plus de goût à rien...

Tout en feignant l'indifférence, j'avais hâte de me montrer sous mon meilleur jour à l'envoyé de Napoléon.

III

Quarante-huit heures après, nous étions encore dans le brouillard. Une irrésolution inquiète et méfiante. Moins on parlait des ouvertures matrimoniales de Napoléon, plus on y pensait. Peu avant les fêtes de fin d'année, ma mère décida de se transporter, avec ses plus jeunes enfants et sa cour, à Gatchina. A peine arrivée sur place, elle estima qu'elle s'ennuyait dans cette retraite austère. Pour animer la vie de son entourage, elle organisa une séance de patinage sur le lac gelé et y convia tous les gros bonnets et toutes les femmes lancées de Saint-Pétersbourg. Le temps était clair, froid et sec. Un orchestre de cuivres jouait sous l'auvent d'un gigantesque coquillage en stuc à nervures, qui avait été dressé pour l'occasion. Le public se pressait sous une tente de toile. Des négrillons en tenue vert émeraude servaient du chocolat chaud aux spectateurs. Et près de chaque table brûlait un brasero, dont le feu était attisé régulièrement par des laquais en livrée rouge et perruque blanche.

Assise sur un trône, ma mère dominait superbement l'assistance. Constantin se tenait à sa droite, Roumiantseff à sa gauche. Elle avait l'air de s'amuser beaucoup en contemplant les arabesques des patineurs. Moi aussi, j'étais à la fête. Tout en glissant sur la glace au bras de mon frère Nicolas, j'observais les autres invités de marque. La plupart m'étaient familiers. Je reconnaissais çà et là des dames et des demoiselles d'honneur au pied leste, les mains dans leur manchon, des lionnes de salon qui avançaient à petits pas en s'appuyant au dossier d'une chaise, une aïeule emmitouflée qui se prélassait dans un fauteuil monté sur patins et poussé par un majordome aux favoris poudrés de givre, un brillant aide de camp virevoltant, les poings sur les hanches, autour d'une frêle beauté qui vacillait en lançant de petits cris craintifs. Nathalie, ne sachant pas patiner, était restée dans la tribune. Après Nicolas, ce fut Michel qui m'entraîna aux sons de la musique. Puis je regagnai la tente de toile pour retirer mes patins, me reposer et avaler de larges gorgées de chocolat brûlant.

Ce fut alors que le général de Caulaincourt, duc de Vicence, vint me trouver à ma table et sollicita l'honneur d'exécuter avec moi quelques figures sur la piste blanche. D'abord surprise qu'un personnage aussi considérable et proche de la quarantaine daignât se livrer à un pareil divertissement, j'acceptai de grand cœur.

Des valets l'aidèrent à fixer les lames d'acier sous ses chaussures et nous rejoignîmes la foule qui tournait infatigablement dans ce décor de neige. Caulaincourt patinait fort bien, pour un ambassadeur plus habitué aux parquets des palais qu'à la glace des étangs et des lacs. Insensiblement, nous nous éloignâmes de la tribune, à la recherche d'une région moins fréquentée. En évoluant au rythme d'un menuet je pensais que l'homme dont je suivais le mouvement était un émissaire de Napoléon, son confident intime, et une grave émotion se mêlait dans mon cœur au plaisir juvénile de la danse. Soudain, sans réfléchir, je demandai :

— Vous le voyez souvent ?
— Qui, Votre Altesse impériale ?
— L'empereur des Français...
— Quand je suis à Paris, oui... Le reste du temps, je me contente de lui adresser des rapports...

Un moment, je voulus demeurer là. Mais la curiosité me tenait lieu de courage. Jouant le tout pour le tout, je murmurai :

— Quel genre d'homme est-il ? On raconte tant de choses sur lui !...

La musique couvrit ma voix. Caulaincourt me fit répéter la question. Je m'exécutai, le sang aux tempes. Il sourit en me considérant avec une attention quasi paternelle. Il avait le front dégarni, l'œil vif, de grandes oreilles et des favoris qui descendaient très bas sur ses joues. Au lieu de répondre, il me prit par la main et me guida jusqu'à un banc, au bord du lac, à l'écart des patineurs. Lorsque nous nous fûmes assis, côte à côte, il proféra d'une voix sourde :

— Je comprends votre désir d'en savoir plus sur Sa Majesté. Mais que puis-je vous dire ? Des êtres comme lui ne se mesurent pas à l'aune ordinaire. Tout en lui est excessif : son intelligence, son autorité, sa lucidité, sa bienveillance, ses colères... Il est à la fois humain et surhumain, proche de nous et la tête dans les nuages... Votre Altesse impériale a-t-elle entendu parler de magnétisme ?

— Oui, balbutiai-je.

— Eh bien ! reprit Caulaincourt, Napoléon est, avant tout, un magnétiseur. Son regard, sa parole vous obligent à vous dépasser. Par sa seule présence, il transforme les imbéciles en génies, les pleutres en héros. Pourquoi croyez-vous que ses soldats l'adorent, malgré les rigueurs et les dangers de la guerre qu'il leur impose ? Parce qu'il les a subjugués jusqu'à en faire les instruments aveugles de sa volonté de puissance. Il suffit d'avoir levé une fois les yeux sur lui pour subir à jamais sa fascination...

Je buvais les paroles de Caulaincourt comme si Napoléon lui-même s'adressait à moi par sa bouche. Personne encore ne m'avait tracé un portrait aussi exaltant de l'homme qui songeait à demander ma main. J'étais à la fois émerveillée et terrorisée par ma chance. Saurais-je être à la hauteur des exigences de ce demi-dieu dont les yeux lançaient la foudre ? Paralysée de bonheur, je craignis d'être trop faible pour me redresser et rejoindre les patineurs.

— Oui, conclut Caulaincourt, je crois qu'en s'alliant étroitement à la France, la Russie assurera la paix en Europe pour des siècles...

Je lui sus gré d'avoir, par délicatesse, évité toute allusion à un possible mariage.

Mais soudain, ouvrant la houppelande fourrée qui recouvrait son uniforme, il plongea la main dans son gousset, en retira un médaillon et me le tendit : une miniature de Napoléon !

L'empereur était représenté de trois quarts, le visage pâle, le regard sévère, une mèche sur le front et la main droite glissée dans l'ouverture du gilet de son uniforme.

— J'ai pensé qu'il vous serait agréable d'avoir ce portrait de mon maître, dit-il.

Je le remerciai avec tant de maladresse qu'il ajouta :

— Ne prenez pas mon geste en mauvaise part. Je sais qu'il n'est pas très protocolaire. J'aurais dû présenter le médaillon d'abord à Sa Majesté l'impératrice douairière. Mais ma brève conversation avec Votre Altesse impériale m'a si vivement touché que j'ai voulu vous offrir, à vous, ce témoignage de l'intérêt que vous porte la France...

Muette, la gorge serrée, le cœur battant, je logeai le médaillon dans la poche intérieure de mon manchon de loutre. Décidée à ne le montrer à personne, j'avais hâte brusquement de briser là et de m'enfuir dans ma chambre, au palais, pour cacher mon émoi et me recueillir. Nous nous levâmes d'un commun accord, silencieux et graves, comme si nous avions épuisé d'un seul coup tous les sujets de conversation. Après quelques glissades, nous regagnâmes la tribune d'honneur. Ni Caulaincourt ni moi ne fîmes aucune allusion à notre secret. Les patineurs s'agitèrent jusqu'à la venue du crépuscule. Malgré le chocolat chaud, j'étais transie.

Le lendemain, je dus m'aliter, frissonnante de fièvre. J'avais pris froid pendant la séance de patinage. Le docteur Schwarz, médecin personnel de ma mère, parla d'un fort « rhume de poitrine », m'imposa une saignée et me prescrivit des mixtures que j'avalai à contrecœur. Nathalie me soigna avec le dévouement d'une sœur jumelle. Bien que je lui en fusse très reconnaissante, je ne lui montrai pas le médaillon. J'avais l'impression que Napoléon en personne m'avait interdit de le faire.

Trois jours plus tard, ma fièvre baissa, ma toux s'apaisa et le docteur Schwarz m'autorisa à me lever. J'étais encore très faible et ne me sentais bien que dans mon fauteuil, un livre à la main. Cependant, mon regard courait sur les lignes imprimées sans en comprendre la signification. Je ne lisais pas l'histoire que l'auteur avait imaginée ; je poursuivais la mienne, si merveilleuse et si déraisonnable ! Les paroles de Caulaincourt dansaient dans ma mémoire. Je me les répétais comme une litanie. Et, chaque fois, j'y découvrais un nouveau motif d'enchantement.

Vers quatre heures de l'après-midi, ma mère me fit une visite. Je crus qu'elle venait prendre de mes nouvelles. Mais, après avoir renvoyé mes suivantes et sans même s'enquérir de ma santé, elle me demanda durement :

— Que signifie cette affaire de médaillon ?

Je soupçonnai Caulaincourt d'avoir divulgué notre secret. Trop surprise pour inventer le moindre faux-fuyant, je bredouillai :

— J'ai cru agir pour le mieux...
— Vous n'aviez pas, dans les circonstances actuelles, à accepter ce cadeau.
— Que pouvais-je faire d'autre ?
— Lui dire de me le présenter, à moi !
— Et vous me l'auriez remis ?
— Peut-être. Et peut-être pas. J'en aurais délibéré d'abord avec votre frère, l'empereur. De toute façon, je n'ai pas apprécié la familiarité de Caulaincourt à votre égard : ce patinage prolongé, cet aparté devant la cour assemblée... Vous prenez-vous pour une fille du peuple à qui tout est permis ? Vous avez un rang à tenir, une tradition à respecter...

Le reproche me parut si justifié que je ne trouvai pas un mot à répondre. Me voyant à sa merci, ma mère prononça d'une voix coupante :

— Donnez-moi ce médaillon !

A ces mots, j'eus un pauvre sursaut de révolte :

— Mais il est à moi, Votre Majesté !

— Etes-vous la fiancée de Napoléon, pour conserver son effigie comme une relique ? s'écria-t-elle.

— Il m'a demandée en mariage... J'ai le droit...

— Tant que nous ne nous serons pas prononcés par un oui ou par un non, vous n'en aurez aucun ! Allons, dépêchez-vous ! Je veux ce médaillon !

Son visage épais et coloré exprimait une telle réprobation et j'étais si lasse que je capitulai. Après tout, ce qui comptait, c'était l'image de Napoléon que j'avais dans ma tête, non celle que j'avais enfermée loin des regards indiscrets. J'allai chercher ma cassette à trésor, l'ouvris et déposai le médaillon dans la main tendue de ma mère. Sans même le regarder, et comme s'il se fût agi d'une babiole, elle l'enfouit dans une poche de sa large robe. Puis, ayant obtenu ce qu'elle voulait, elle se radoucit :

— Je suis heureuse de voir que vous allez mieux, Anna, me dit-elle. J'espère que vous serez tout à fait rétablie pour le souper de dimanche.

— Je l'espère aussi, Votre Majesté impériale.

Je ne pouvais lui en vouloir. Elle était la Règle. Sans doute m'aimait-elle à sa façon. Ne serais-je pas comme elle, sévère et juste, lorsque à mon tour j'aurais des enfants ? Mais de quel père ? Napoléon ? Pourquoi pas ? Mon cœur se mit à battre si vite que je pressai les deux mains contre ma poitrine pour en contenir les pulsations.

Quand ma mère eut quitté la chambre, je retournai, excédée, à mon fauteuil. Décidément, rien n'avait changé dans ma vie, malgré les apparences. J'étais toujours prisonnière de l'impératrice douairière, de mon frère l'empereur, du palais, de l'étiquette, de mon âge et de mon physique banal. Machinalement je repris mon livre : un roman français qui parlait d'amour. On aurait dû me le confisquer aussi, puisqu'en le lisant je ne cessais de penser à « lui ». Mon regard glissait sur la page imprimée sans retenir le moindre mot. Je revins à l'affaire d'Anna de Kiev. Je m'étais renseignée entre-temps auprès de quelques historiens patentés. Elle aussi avait été épousée en secondes noces. Tout concordait. Je n'appartenais plus à mon siècle. Je n'appartenais plus à la Russie. J'étais disponible. A la merci de Napoléon !

IV

Quiconque n'a pas vu Gatchina sous la neige ignore le sentiment de pure immobilité, de mélancolique solitude dont s'accompagne l'hiver russe. Quand j'étais toute petite, j'aimais à regarder, par la fenêtre de ma chambre, les soldats aux faces gelées que mon père, Paul Ier, faisait manœuvrer dans le parc. A présent, devenue grande, je restais des heures, le front contre la vitre, comme pour endormir mon angoisse par la contemplation de cette immensité blanche, peuplée de statues frileuses et d'arbres dénudés. Toute mon âme, tout mon corps, n'étaient qu'expectative. Enfermée dans un gigantesque palais aux trois quarts vide, j'étais coupée du monde. Et pourtant ma mère entretenait ici sa propre cour, aussi importante, disait-on, que celle de son fils, le tsar. Passionnée de bienfaisance et de tradition, elle dirigeait les bonnes œuvres, s'entourait de dames d'atour, d'écuyers, de chambellans, de pages, et recevait quotidiennement des dignitaires de Saint-Pétersbourg, venus lui présenter leurs hommages ou quémander son appui dans une affaire délicate. J'attendais avec impatience la visite du tsar qui devait me fixer définitivement sur mon sort.

Profitant de son voyage à Moscou, il s'était rendu auprès de Catherine, à Tver, où le prince d'Oldenbourg exerçait les fonctions de gouverneur général. Bien entendu, Alexandre avait demandé à sa sœur ce qu'elle pensait de la démarche de Napoléon. Selon ma chère Nathalie, Catherine n'y était pas opposée. Roumiantseff, lui aussi, conseillait d'accepter. Seule l'impératrice Marie Fedorovna mettait des bâtons dans les roues. Chaque jour ou presque, elle me convoquait dans ses appartements pour me faire part d'un nouvel obstacle sur la route de mon bonheur. Tantôt elle alléguait l'impossibilité de me donner en pâture à un divorcé, tantôt elle rappelait avec désespoir le cas de ses deux filles aînées, Alexandra et Hélène, mortes l'une et l'autre parce qu'elle les avait mariées trop jeunes à des hommes faits, tantôt elle imaginait ma honte si Napoléon, mécontent de son choix, me répudiait à mon tour : « Avec ce soldat mal dégrossi, on peut s'attendre aux plus extrêmes avanies ! » Dans ce cas, je serais, disait-elle, perdue de réputation aux yeux de toutes les cours d'Europe. Son devoir de mère lui imposait de me protéger contre une éventualité qui, sous des dehors glorieux, cachait un danger gravissime. Ainsi, je passais par des hauts et des bas qui me brisaient les nerfs. Bien qu'habituée à dépendre de la volonté de mes proches à toutes les étapes de mon destin, je souffrais de n'avoir pas mon mot à dire sur ma future condition de femme. Mon avenir, ma vie se jouaient, me semblait-il, à mon insu, derrière la porte des salons et des chancelleries. J'étais née non pour décider mais pour subir.

Enfin Alexandre vint à Gatchina. Il commença par s'isoler avec ma mère, puis ils m'appelèrent pour m'informer de l'état des pourparlers. En me présentant devant eux, j'étais préparée au pire. Je ne me trompais pas. Nous étions assis tous les trois près d'une fenêtre aux vitres givrées. Entre nous, sur un guéridon, le thé était servi avec des petits pains à l'anis. Des bûches brûlaient dans la haute cheminée. Tout, dans ce boudoir douillet, respirait la quiétude et l'harmonie. Mais les visages étaient tendus. Alexandre parla longuement de sa visite à Catherine et des nombreuses rencontres qu'il avait eues depuis avec Caulaincourt.

— Ses arguments ne sont pas négligeables, dit-il en croquant un petit pain. Il estime qu'une alliance familiale entre nos deux pays découragerait l'Angleterre et assurerait la paix en Europe pour de nombreuses années. En outre, il fait miroiter à mes yeux des avantages territoriaux considérables. La Pologne, à son avis, serait...

Notre mère lui coupa la parole :

— Peut-on faire fond sur les promesses d'un Bonaparte ?

Alexandre chassa d'une pichenette quelques miettes qui étaient tombées sur le tissu de son uniforme.

— Pas entièrement, finit-il par avouer. Et c'est bien ce qui me préoccupe. Une fois de plus, j'ai demandé un délai de dix jours pour me prononcer. Et, selon Caulaincourt, Napoléon est irrité de notre peu d'empressement à répondre. Il cravache, et moi je tire sur les rênes. Cela ne peut continuer indéfiniment !

— Non, reconnut Marie Fedorovna. Mais agir dans la précipitation serait également hasardeux. Je ne pense qu'au bonheur de ma petite Annette...

Et elle se lança de nouveau, avec sa volubilité coutumière, dans l'énumération de tous les périls d'une union si mal assortie. Je connaissais ses griefs par cœur : une grande-duchesse de Russie ne pouvait épouser un aventurier, la conversion au catholicisme étant exclue, je me trouverais en porte-à-faux dans un pays qui ne partagerait pas ma foi, l'énorme différence d'âge et de tempérament ferait de moi l'esclave d'un mari plus soucieux de procréer que d'aimer, je n'avais pas un esprit assez bien trempé pour l'amener à changer de conduite envers la Russie, le souvenir de mes deux sœurs aînées, mortes pour avoir été jetées trop tôt dans la couche conjugale, interdisait de recommencer l'expérience... Au milieu de ce flot de paroles, je tentai faiblement de protester :

— Rien ne prouve que j'aurai le triste sort d'Alexandra et d'Hélène !

— Ah ! oui ? s'écria ma mère. Regardez-vous donc, Annette : vous n'êtes qu'une enfant ! Vous avez eu dernièrement vos premières règles. Bon ! mais ces signes sont encore très légers, très accidentels... Rien n'est vraiment installé. Entre ce moment et celui où une jeune personne peut devenir mère, plusieurs années risquent de s'écouler. Si vous décevez ainsi, par insuffisance physique, les espoirs de paternité de Napoléon, il ne vous gardera pas. Vous subirez, sans l'avoir mérité, le sort de Joséphine. Est-ce là ce que vous souhaitez ?

J'étais honteuse que ma mère fît allusion devant Alexandre aux manifestations les plus intimes de ma féminité. Le visage enflammé, je bredouillai :

— Vous vous trompez, mère. De ce côté, je suis sûre de moi !

— Ce n'est pas ce que m'ont rapporté vos caméristes !

— Je... je sais mieux qu'elles, il me semble...

— Croyez-vous ? Mais laissons cela... Une chose est certaine : il est toujours hasardeux d'autoriser une fille à se marier avant l'âge de dix-huit ans !

Alexandre, les yeux au plafond, exhala une plainte :

— Quel ennui ! D'un côté, Napoléon qui attend, de l'autre, nous qui hésitons. Il faut nous décider, par correction, par dignité...

— Demandez encore un délai à Caulaincourt, suggéra ma mère.

— Pour quoi faire ?

— Qui vivra verra... Un incident peut surgir, une idée peut germer dans nos têtes... qui viendra éclairer d'un seul coup la situation...

J'étais au bord des larmes. Ma mère me tapota la joue :

— Allons, allons... Ce n'est rien...

Elle me souriait comme si elle eût voulu me consoler de la perte d'un jouet. Je baissai le front. On parla d'autre chose. L'affaire du mariage se trouvait, une fois de plus, ajournée. Nous étions réunis pour prendre le thé, en famille, simplement. Le crépuscule assombrissait le boudoir. Ma mère sonna. Deux laquais apportèrent des candélabres supplémentaires. La pièce fut soudain si brillamment éclairée qu'on se serait cru à une fête.

— Vous pouvez vous retirer, maintenant, Annette, me dit ma mère. Nous avons encore à parler entre nous, Alexandre et moi.

Je leur fis la révérence et regagnai ma chambre en m'efforçant de ne pas pleurer devant les quelques personnes qui attendaient, dans la salle voisine, l'honneur d'être reçues par Sa Majesté.

Nathalie n'était pas de service, ce jour-là. J'en fus presque soulagée. Devant elle, qui était le dévouement et la tendresse mêmes, je n'aurais pas su dominer mon désarroi. Or, il le fallait coûte que coûte. Pour me raffermir, je songeai à Catherine, dont tout le monde louait le caractère de marbre. Je devais être comme elle et affronter, la tête haute, les déconvenues que nous réservait notre condition de femme. Je retournai à la fenêtre et dardai mes regards sur les ténèbres du jardin enneigé. Çà et là, un fanal éclairait une zone blanche dans le fouillis nocturne. Des silhouettes de sentinelles apparaissaient entre les arbres. Un groupe de cochers se chauffait autour d'un brasero. Je m'emplis les yeux de cette vision familière jusqu'à chasser toute idée de mon cerveau. Quand je me sentis comme morte, il me sembla que je m'étais enfin résignée à ne pas régner sur la France.

Les événements prirent le galop. Le 7 janvier 1810, il y eut une grande fête, à Gatchina, pour l'anniversaire de mes quinze ans. Je vécus cette journée en somnambule, indifférente aux cadeaux, aux compliments et aux sourires de la part de gens qui savaient tous, assurément, combien j'étais malheureuse. Peu après, Caulaincourt accourut de Saint-Pétersbourg avec un visage soucieux. Je ne le vis qu'une minute, entre deux portes. Il s'inclina profondément devant moi et chuchota :

— Que Votre Altesse impériale me pardonne : j'aurai tout essayé en vain !

Déjà un chambellan venait le chercher pour le conduire auprès de l'impératrice douairière. Ma mère le reçut hors de ma présence. L'entretien entre eux dura plus d'une demi-heure. Malade d'anxiété, je restai dans l'antichambre pour guetter la sortie de l'ambassadeur. Enfin le battant s'ouvrit : victoire ou défaite ? Caulaincourt passa devant moi sans un mot, me jeta un regard navré et disparut. Pas de doute : l'affaire avait échoué.

J'en eus la confirmation dans la journée par Nathalie. Elle me confia que, d'après ce qu'on disait dans l'entourage de Roumiantseff, l'intention de ma mère et de mon frère était de ne consentir au mariage que s'il avait lieu dans deux ans, lorsque j'aurais atteint mon plein développement physique. C'était une fin de non-recevoir à peine déguisée. Je m'y attendais, mais elle acheva de m'abattre. La dépêche de Caulaincourt annonçant cette contre-proposition à son ministre, Champigny, croisa celle de Champigny portant à la connaissance de son ambassadeur en Russie que Napoléon, compte tenu de mon extrême jeunesse, de mon refus de me convertir et du peu d'empressement d'Alexandre et de l'impératrice douairière, s'était déjà adressé à l'Autriche.

J'appris la nouvelle, un matin de février, par ma mère. Elle venait de présider une conférence des principaux responsables de ses œuvres de charité et me convoqua dans la salle de réunion, après leur départ. C'était une pièce immense et froide, où un cercle de fauteuils vides entourait une grande table drapée d'un tissu de brocart grenat à franges d'or. Des bustes de marbre se détachaient sur le vert foncé des tapisseries qui décoraient les murs. Une clarté blanc-bleu tombait des hautes fenêtres. Ma mère était assise, seule, sur une sorte de trône surélevé d'une marche. Elle me désigna un siège plus bas, à côté d'elle, et me dit d'une voix amortie :

— Eh bien ! Voici enfin une affaire réglée. Votre illustre prétendant s'est tourné, par dépit, vers l'archiduchesse d'Autriche, Marie-Louise. Grand bien lui fasse ! Elle est grasse comme une génisse et bête comme une oie. Je bénis le ciel d'avoir su vous éviter l'injure d'un mariage plein de clinquant. Plus tard, vous nous remercierez. Cette fausse alerte m'a mise d'excellente humeur. Le temps est superbe ! J'ai envie de faire quelques pas dehors. Venez avec moi, nous causerons...

Des caméristes s'empressèrent de nous apporter, sur son ordre, pelisses, toques, bottillons de feutre, manchons fourrés, et nous sortîmes dans le parc enseveli sous la neige fraîche. Le soleil luisait dans un ciel bleu de glace. L'air sec coupait les joues, déchirait les narines. Le rayonnement du sol blanc blessait les yeux. Nous marchions à petits pas dans l'allée récemment déblayée. Deux gendarmes du service de surveillance du palais nous suivaient à distance respectueuse. Une légère vapeur dansait devant nos bouches. Ma mère me prit le bras :

— Comprenez-moi bien, Annette, dit-elle. Napoléon est un homme sans avenir. Il est haï du monde entier. En l'épousant, vous auriez lié votre sort à celui d'un pirate qui risque constamment le tout pour le tout...

Je ne l'écoutais pas.

— Et cette Marie-Louise, quel âge a-t-elle ? demandai-je.

— Est-ce que je sais ? Vingt ans, je crois... Bref, elle est tout à fait dans la norme... Elle lui donnera les nombreux enfants qu'il souhaite... Dès qu'il a appris le choix de Napoléon, Alexandre a chargé notre ambassadeur à Paris, Kourakine, de féliciter l'empereur des Français de sa résolution...

— Etait-ce bien nécessaire ?

— Indispensable ! Il ne fallait pas que l'échec d'un plan d'union familiale entre la France et la Russie gâchât les relations entre nos deux pays : elles sont déjà assez compliquées comme ça ! L'affaire polonaise n'est pas clairement terminée. Le resserrement des liens de la France avec l'Autriche risque d'amorcer un changement de la politique de Paris à notre égard. Cela ne m'inquiète pas outre mesure. Libre à certains esprits chagrins de considérer que nous venons de subir une offense et que Napoléon va désormais nous montrer les dents, j'ai la conscience tranquille : en gardant ma fille cadette, menacée d'un mariage monstrueux, j'ai sauvé notre patrie en même temps que notre honneur.

Je n'étais pas convaincue. Pour moi, l'abandon du projet n'était pas dû à mon jeune âge mais aux injustes préventions de ma mère contre l'empereur des Français. Elle m'avait sacrifiée à son humeur antinapoléonienne. Sous prétexte de m'épargner des lendemains funestes, elle avait brisé mon premier grand rêve de jeune fille. Par sa faute, ce n'était pas moi mais Marie-Louise d'Autriche qui allait entrer aux Tuileries et partager la gloire de celui devant qui s'inclinaient les plus anciennes têtes couronnées d'Europe. Pourtant, j'étais ainsi faite que je ne savais pas me révolter contre une décision maternelle, dussé-je en souffrir ma vie durant. Le respect filial me paralysait au point de m'ôter toute personnalité. Cependant j'osai murmurer :

— L'empereur François d'Autriche a-t-il donné son consentement ?

— Des deux mains ! Il est trop content de s'assurer la paix de ce côté-là, après la raclée qu'il a prise !

— A quand le mariage ?

— Le plus tôt possible. Napoléon est pressé, comme toujours. J'imagine qu'avant deux ou trois mois l'affaire sera dans le sac !

— Sans doute la cérémonie aura-t-elle lieu à Paris ?...

— Sans doute.

Je bouillais de dépit, de jalousie, de honte, de colère. Incapable de poursuivre la conversation, je regardais, à mes pieds, la neige de l'allée. Cette blancheur radieuse contrastait avec la noirceur de mes sentiments. Ce qui aggravait mon regret, c'était la conviction que les négociations matrimoniales, menées en sous-main, étaient devenues un secret de polichinelle. Le pays entier savait déjà que les deux fins de non-recevoir étaient simultanées et que si la grande-duchesse de Russie refusait Napoléon, Napoléon, lui, refusait la grande-duchesse de Russie. Certains jugeaient, à Saint-Pétersbourg et à Moscou, que la réponse française constituait un affront irréparable. On parlait d'un « crachat sur la face sacrée de la patrie ». Cependant, ma mère me serra le bras et me dit avec une gaieté insolite :

— Je me sens rajeunir ! Tout est bien qui finit bien !

Comme toujours, elle n'avait rien compris.

Les semaines suivantes, je m'assagis un peu, grâce aux conseils affectueux de Nathalie. Mais, en mars et avril 1810, les échos des fêtes parisiennes en l'honneur du mariage de Napoléon et de Marie-Louise me mirent de nouveau au supplice. On commentait, à Gatchina, l'accueil fanatique du peuple français à la nouvelle souveraine. Je ne pouvais m'empêcher de penser que j'aurais dû être à sa place. Tout ce qui servait la renommée de cette femme m'était un outrage personnel. Devinant mon émotion, ma sœur Catherine m'écrivit qu'elle partageait le point de vue de notre mère, que tout le monde autour d'elle riait de ces contorsions françaises devant l'épouse autrichienne de Napoléon, et que, pour sa part, elle eût mieux aimé être couturière en chambre à Saint-Pétersbourg qu'impératrice à Paris. Je savais qu'elle avait constitué, à Tver, une petite cour intellectuelle, dominée par l'historien Karamzine, et qu'elle était prête à proclamer, en toute occasion, l'excellence de la tradition russe face aux mensonges de l'étranger. En me félicitant de n'être pas entrée dans le lit de Napoléon, elle ne faisait qu'obéir à son obsession patriotique. Je ne l'en remerciai pas moins de sa sollicitude et lui affirmai, la plume à la main, que ces complications politico-sentimentales me laissaient froide. Nicolas également, ayant eu vent des marchandages de dernière heure avec Caulaincourt, m'expliqua sa joie de n'avoir pas « un gredin couronné » pour beau-frère. Au milieu de la satisfaction générale, je fis mine, moi aussi, d'être soulagée. Peu à peu d'ailleurs, cette attitude de commande me devint naturelle. Je me résignai de nouveau à mon rôle de grande-duchesse ni très belle, ni très finaude, attendant d'être offerte, pieds et poings liés, à quelque prince de troisième rang.

Un an plus tard, en apprenant que Marie-Louise venait de donner un fils à Napoléon et que la France était en liesse, ma blessure se rouvrit soudain. Mais, là encore, je dissimulai ma peine. Même Nathalie n'en sut rien. Alexandre écrivit une lettre à l'heureux père pour le féliciter de cette naissance. Ma mère me dit : « Bonaparte se figure avoir accompli un exploit de plus ! Quand je pense que cet enfant aurait pu sortir de vos flancs, j'en tremble encore ! Quel sera son sort, avec un père qui n'est qu'un joueur prêt à sacrifier des milliers de vies humaines pour un lopin de terre ? Alexandre a beaucoup de mérite de contenir sa fureur devant les multiples exactions de ce personnage. Moi, je serais moins patiente ! »

En effet, depuis quelque temps, Napoléon s'agitait beaucoup. Il s'était empressé de rappeler à Paris l'excellent Caulaincourt, qui avait fait de son mieux pour aplanir les difficultés entre nos deux pays, et avait nommé à sa place comme ambassadeur le général de Lauriston. Je le regrettai, car le nouveau venu ne m'était rien, alors que j'avais mis beaucoup d'espoir dans son prédécesseur. Derechef, la France me devenait lointaine, incompréhensible. Etait-ce Marie-Louise qui empoisonnait l'atmosphère autour de l'empereur des Français ? Tandis qu'Alexandre s'employait à moderniser les structures de la Russie par des réformes libérales, selon les conseils de son tout récent ministre de l'Intérieur, Michel Speranski, Napoléon était repris par sa boulimie de conquêtes.

L'annexion de la Hollande et des villes hanséatiques portait l'exaspération des Russes au paroxysme. D'autant que, parmi les territoires raflés par la France, figurait le petit duché d'Oldenbourg, dont le duc n'était autre que le beau-père de Catherine. Une insulte de plus à l'égard de la Russie.

Outré par ces procédés de brigandage, Alexandre, de son côté, ne respectant plus guère le blocus institué par Napoléon, se rapprochait des Anglais, traitait avec la Suède de Bernadotte, prêtait l'oreille aux exhortations belliqueuses de Catherine et d'une coterie de courtisans. J'entendais, de toutes parts, des propos haineux contre « l'Ogre corse ». J'étais, je l'avoue, assez indécise dans le domaine de la politique. En tant que Russe, je donnais raison à ceux qu'indignait l'outrecuidance napoléonienne. Mais, en tant que femme, je ne pouvais m'empêcher d'admirer un homme dont le génie pliait la moitié du monde sous sa loi de fer. Bien entendu, je gardais ce sentiment pour moi et faisais chorus avec les défenseurs de l'orgueil national bafoué. Leur coalition devint très vite si puissante qu'ils obtinrent, en mars 1812, le renvoi du sage Speranski, qu'on disait partisan de la conciliation avec l'Occident. Cette destitution et l'exil de l'ancien ministre à Nijni-Novgorod furent salués dans le public comme une première victoire sur les Français. Je feignis, moi aussi, de m'en réjouir. Mais je craignais que, d'anicroche en anicroche, nous ne fussions entraînés dans une guerre plus longue et plus meurtrière encore que les autres. Nicolas, qui arborait maintenant l'uniforme de colonel d'un régiment de la garde, ne rêvait que plaies et bosses. Un duvet marquait déjà sa lèvre supérieure. Infatué de ses seize ans, il me paraissait le jouet d'une inconséquence puérile. Somme toute, il n'avait pas vécu.

Moi, si ! J'en étais à ce point persuadée qu'un soir d'avril, me promenant dans le parc avec Nathalie, je soupirai :

— Au fond, voyez-vous, je crois que, si je devais mourir demain, je partirais avec l'impression d'avoir derrière moi un long passé !

— N'oubliez jamais ce que vous venez de me dire ! répliqua-t-elle lestement. Un jour, vous en rirez de bon cœur !

Et elle s'esclaffa la première, d'une voix légère, en renversant la tête.

Le parc s'éveillait à peine de l'hiver. Quelques arbres étaient déjà en bourgeons. Les jardiniers ratissaient et sablaient les chemins. Une buée de printemps flottait dans l'air serein. Des mouettes tournaient en criant au-dessus du lac. Il était difficile de croire au malheur parmi cette nature apaisée. Mais une musique martiale de fifres et de tambours me tira de ma rêverie. Un régiment manœuvrait à l'autre bout du parc. Sans doute s'apprêtait-il à partir pour assurer la défense des frontières. Il y avait de nombreux mouvements de troupes, ces temps-ci. Nathalie voulut aller voir les soldats de près. Je refusai. Un pressentiment me disait que ces défilés, dont le spectacle me plaisait tant naguère, avaient perdu leur caractère pittoresque pour devenir des symboles de mort. Nous retournâmes au palais. En rentrant, j'appris de ma mère qu'Alexandre se préparait à quitter Saint-Petersbourg pour Vilna, afin de se rapprocher des armées. Je m'écriai :

— Est-ce donc la guerre ?

— Certes non ! dit-elle. Ignorez-vous que c'est précisément quand on veut éviter de se battre qu'il faut montrer sa force à l'ennemi ?

J'essayai de la croire. Mais j'étais si anxieuse que je me retirai dans la chapelle du palais et priai pour qu'Alexandre et Napoléon, oubliant mon mariage manqué et la rancœur qu'ils en avaient l'un et l'autre conçue, fissent la paix avant même d'avoir dégainé. Peu après, sur l'ordre de son maître, le général de Lauriston demandait ses passeports et partait sans explication.

V

Dès les premiers engagements, la désillusion fut complète. Partout, nos armées, moins nombreuses et moins bien équipées que celles de Napoléon, battaient en retraite. Devant ces premiers revers, Alexandre, conseillé par l'implacable Catherine, renonça à diriger lui-même les opérations et se rendit à Moscou pour exhorter le peuple à une lutte sans merci. La vieille capitale l'accueillit avec transport. Pendant qu'il descendait l'escalier d'honneur du Kremlin, des centaines de mains se tendaient vers lui pour le toucher comme s'il eût été une relique. Les prières se mêlaient aux hourras. Dans la cathédrale, il reçut de l'évêque l'assurance que sa cause était bien celle de Dieu. Un manifeste rédigé par Chichkoff, le remplaçant de Speranski, proclama la guerre nationale contre l'Antéchrist. Sur le papier, toutes les conditions semblaient réunies pour la victoire. En réalité, la crainte grandissait dans les cités et encore plus dans les campagnes.

A peine revenu à Saint-Pétersbourg, Alexandre apprit que les troupes d'Oudinot marchaient sur la capitale. Heureusement, leur progression fut arrêtée aux environs de Pskov. Mais ailleurs, quels désastres ! Les régiments russes se disloquaient, les paysans brûlaient leurs récoltes, Vitebsk était abandonné, Smolensk tombait, malgré une résistance héroïque, et les défenseurs, en se retirant, incendiaient la ville. Cette fois, c'était Moscou qui était directement menacé par l'avance française. Tenu pour responsable de cet échec, notre illustre général Barclay de Tolly était relevé de son commandement et remplacé par le vieux et borgne Koutouzoff, héros des guerres contre la Turquie. Au palais d'Hiver, la plupart de nos familiers se réjouissaient de ce choix, car Koutouzoff, russe jusqu'à la moelle des os, orthodoxe fervent et rusé stratège, était considéré par ses soldats comme un chef valeureux, capable, mieux que quiconque, de les diriger et de les comprendre. Maintenant, tous les espoirs reposaient sur lui.

Il me fut donné d'assister au départ des troupes de renfort pour la zone des combats. Des escadrons de cavalerie défilaient dans les rues. Cela ne ressemblait en rien à une parade. Les officiers étaient en petite tenue. La plupart des hommes avaient des visages de fatigue et de résignation. Seuls les cosaques se tenaient droits sur leurs montures. Ils étaient tous barbus. La lance au poing, ils chantaient. La foule se signait sur leur passage.

Les habitants de Moscou, qui avaient fui leur ville afin d'échapper à l'ennemi, racontaient que pour plus de sûreté ils avaient écrit, en français, sur la façade de leurs maisons des formules propitiatoires, telles que : « S'il vous plaît, Messieurs les Français, épargnez mes biens, je compte sur votre générosité dans la guerre ».

A la cour, la haine des Français était de règle. On maudissait en français « l'Ogre insatiable », les femmes, tout en s'habillant chez des couturières françaises, couronnaient ostensiblement leurs cheveux du *kokochnik*, le diadème national, les hommes évitaient de boire des vins français, et on réservait un accueil de princesse à un écrivain français, Mme de Staël, qui s'était réfugiée en Russie pour fuir la vindicte de Napoléon. Comme tout le monde, je manifestais bruyamment mon patriotisme. Mon sentiment intime était plus complexe. Certes, je souffrais dans ma chair de savoir le sol de mon pays foulé par la botte de l'envahisseur, mais, en même temps, j'étais bizarrement troublée à l'idée que Napoléon approchait de nos murs. Ce personnage détesté de tous et à qui nul ne résistait me semblait appartenir au royaume des mythes. C'était une légende vivante, entourée de détonations, de fumées, de foudres et de sang qui venait à nous. Qu'espérait-il en soumettant la Russie ? Un surcroît de gloire, un agrandissement de son empire déjà immense ? Une pensée folle me traversa, la nuit, pendant une de mes insomnies : furieux de n'avoir pu m'épouser, Napoléon cherchait à punir ceux qui s'étaient opposés à notre union. Enjambant des milliers de cadavres, il prétendait me ravir de force au sein de ma famille. En lui résistant, on n'avait fait que piquer son amour-propre. Inaccessible, je lui étais devenue indispensable. Il allait m'enlever, comme les barbares des steppes emportent, dit-on, leur fiancée sur la croupe de leur cheval.

J'étais à la fois épouvantée et séduite à l'idée de ce rapt. La tête divagante dans les ténèbres de ma chambre, j'imaginais d'impossible lendemains : Napoléon dictant sa loi à Alexandre ; la paix signée, avec comme seule condition mon départ pour Paris au bras du vainqueur ; la répudiation de Marie-Louise, renvoyée en Autriche avec son rejeton ; moi devenant impératrice et donnant, neuf mois plus tard, à la France ravie un fils moitié russe, moitié français, gage d'une amitié éternelle entre nos deux pays. Parvenue à ce point de mes rêveries, je me ressaisis. Qu'allais-je inventer ? Napoléon se souciait de moi comme d'une guigne. Pendant que je me berçais d'illusions consolantes, il tuait mes compatriotes. Il n'y avait pas à sortir de là !

Jour après jour, la distance diminuait entre l'armée française et Moscou. Catherine, si courageuse en paroles, faisait ses bagages et fuyait de Tver à Iaroslavl. Elle était enceinte et ne savait au juste où elle allait accoucher. « N'importe où, m'écrivait-elle, mais loin de la pestilence française ! » Moscou, à son tour, se vidait de ses habitants. Les demeures seigneuriales étaient évacuées l'une après l'autre. Plus de bals, plus de dîners, plus de promenades sur les boulevards. Les églises regorgeaient de fidèles. Le nouveau gouverneur général, Rostoptchine, couvrait les murs d'affiches patriotiques et distribuait des armes à la racaille pour un suprême combat. A Saint-Pétersbourg, chacun retenait son souffle dans l'attente du choc décisif devant Moscou. Sans nul doute, Koutouzoff allait défendre ce sanctuaire de la tradition russe et infliger aux Français une défaite dont ils ne se relèveraient pas.

Et ce fut Borodino. Les premières informations sur les résultats de la bataille furent si rassurantes qu'Alexandre profita de la célébration, le 30 août, de sa fête patronymique pour faire lire, après le *Te Deum* chanté dans la cathédrale de Saint-Alexandre-Nevski, le bulletin optimiste de Koutouzoff. Il s'était rendu lui-même, entouré de sa famille, à cette célébration, et nous avions été acclamés par la foule qui se pressait le long de la perspective Nevski. Sur le chemin du retour, après le déjeuner rituel chez le métropolite, les ovations de la multitude redoublèrent à notre vue. La nouvelle de la victoire s'était répandue dans la ville et tous les braves gens s'étaient rués à notre rencontre pour nous crier leur joie et leur fierté. Roulant dans notre voiture au pas lent des chevaux, je sentais physiquement, sur ma peau, l'amour du peuple pour sa terre, pour son passé, pour son tsar. A cette minute, j'étais moi-même au comble de l'enthousiasme patriotique. Mais ce ne fut qu'une flambée. Très vite, d'autres messages nous apprirent que l'issue de la bataille de Borodino avait été incertaine, que l'armée russe, saignée à blanc, s'était repliée sur d'autres positions et que les troupes de Napoléon venaient d'entrer dans la ville. Déjà tous les grands noms avaient fui Moscou. De longs convois, où les carrosses alternaient avec les charrettes, se traînaient sur les routes boueuses. On emportait vêtements, meubles, vaisselle, tableaux... Les attelages peinaient à tirer des chargements hétéroclites. A la vue de cet exode, les paysans se signaient comme au passage d'un enterrement. L'encombrement était tel que les réfugiés mettaient des semaines pour atteindre Saint-Pétersbourg. Certains s'arrêtaient à mi-chemin pour trouver asile chez quelque parent ou quelque ami, entre les deux capitales.

Dans le public, la consternation et la rage succédèrent à l'enthousiasme. Koutouzoff, qui avait été élevé entre-temps à la dignité de feld-maréchal, fut ouvertement traité d'incapable. Certains observateurs soupçonneux voyaient des espions jusque dans les couloirs du palais. La liste des morts s'allongeait chaque jour. Il n'y avait pas une famille qui ne fût en deuil. Les esprits étaient si agités que, pour l'anniversaire du couronnement d'Alexandre, son entourage le supplia de ne pas se rendre à cheval, selon sa coutume, à la cathédrale de Kazan, mais de monter dans le carrosse de l'impératrice. Il s'y résigna de mauvaise grâce.

Assise dans ma voiture, aux côtés de mes frères Nicolas et Michel, j'apercevais, derrière les glaces des portières, une foule considérable, figée dans l'immobilité et le silence de la réprobation. Ces mêmes gens qui nous avaient acclamés en août nous rendaient responsables du désastre national en septembre. En gravissant les marches de l'église, entre deux haies de spectateurs muets, je mesurai la versatilité du sentiment populaire. Bouches cousues, regards froids, on eût dit que tous ces inconnus n'étaient réunis ici que pour nous condamner. Seul bruit, dans cette scène irréelle, le choc de nos pas sur les dalles.

Pour tous, la chute de Moscou signifiait la perte de la Russie.

Ma mère, Roumiantseff, mon frère Constantin n'envisageaient de salut que dans une négociation rapide avec Napoléon. En revanche, Catherine était, comme toujours, d'humeur belliqueuse. De Iaroslavl, elle écrivait lettre sur lettre à Alexandre pour le supplier de continuer la lutte jusqu'au bout. Pris entre ces exigences contradictoires, il ne savait plus où donner de la tête. Finalement, il opta pour la fermeté. Il dit même devant moi : « S'il le faut je poursuivrai le combat en Laponie, en Sibérie... Il n'y a pas de conciliation possible avec Napoléon. Ce sera moi ou lui, la Russie ou la France ! » Il prévoyait que la Grande Armée, après s'être reposée à Moscou, se jetterait de tout son poids sur Saint-Pétersbourg. N'était-ce pas la suite logique du plan français ? Tout le monde, ici, en était persuadé. Dans cette perspective, le tsar ordonnait déjà le départ des archives, du trésor impérial, des hôpitaux, de l'école militaire, du lycée de Tsarskoïe Selo, de l'Institut des jeunes filles nobles, envisageait l'envoi de la flotte en Angleterre, songeait à se replier avec sa famille à Arkhangelsk... Les cheminées des édifices publics fumaient sans discontinuer à cause des papiers qu'on y brûlait en vrac. Des proches du trône exigeaient même qu'on ôtât de son socle de granit la statue équestre de Pierre le Grand pour la transporter en lieu sûr. Pas une œuvre d'art, pas un document officiel ne devait tomber aux mains des bandits français. Du plus haut des seigneurs à la dernière des dames d'atour, la cour impériale était sur les nerfs et préparait ses paquets. On rassemblait les voitures disponibles devant les maisons promises au déménagement. Sur la Néva et ses canaux, une flottille de barges, chargées de meubles et de malles, attendait la première alerte pour appareiller. J'avais l'impression de vivre un pied en l'air. Aurions-nous le temps de partir ou, coincés dans le piège, serions-nous faits prisonniers par Napoléon ? Et, dans ce cas, comment se passerait ma rencontre avec lui ? J'imaginais en tremblant ce face à face avec le minotaure. Il ne m'avait encore jamais vue, et voici que je lui apparaissais, non plus en fiancée, mais en captive. Son œil d'aigle détaillait mon humble personne et la soupesait. De toute la famille assemblée dans la salle du trône, il ne regardait que moi. Je m'éveillai de ce mirage devant Nathalie qui m'observait avec surprise.

— Qu'avez-vous, Votre Altesse impériale ? me demanda-t-elle. Vous êtes toute pâle !

— Ce sont ces événements qui me bouleversent ! dis-je.

— Vous craignez que Napoléon ne vienne jusqu'ici ?

— Oui, oui... Ce serait horrible !... La fin de la Russie, la fin de notre dynastie, la fin du monde...

Tandis que je disais cela, mon cœur battait d'un espoir sacrilège. J'essayais de me représenter Napoléon en chair et en os. D'après le médaillon que j'avais vu, c'était un homme bedonnant, à la prunelle de vautour. Mais je me souciais peu de son aspect physique. Seule m'intéressait l'auréole qui éclairait son front. Jupiter était-il aimable ? Et pourtant toutes les nymphes succombaient devant lui. Qu'attendait-il pour se manifester ? Les jours passaient et il ne bougeait pas d'une ligne. Cantonné à Moscou, il réfléchissait, il rassemblait ses forces avant de porter l'estocade.

Des nouvelles filtraient jusqu'à nous de la vieille cité dépeuplée et affamée. On y signalait des désordres, des rixes, des pillages, des profanations d'églises. Et, soudain, cette information terrifiante : Moscou était en flammes ! Qui avait allumé l'incendie ? Etait-ce à l'instigation de Napoléon, ou du gouverneur Rostoptchine, ou de quelque patriote forcené que le feu avait pris aux quatre coins de la ville ? La plupart des maisons étant en bois, le brasier avait gagné de telles proportions qu'il ne fallait pas songer à l'éteindre par les moyens habituels. Si le vent ne tombait pas, toute l'agglomération, berceau de la civilisation orthodoxe, serait réduite en cendres. Dans l'opinion populaire, c'étaient les Français qui, par esprit de vengeance, avaient décidé de brûler ce symbole de la résistance russe. Après un tel sacrilège, il ne pouvait être question de traiter avec eux. En se livrant à cet acte de barbarie, ils s'étaient exclus de la communauté chrétienne. Des mécréants, des païens !

Dans la gigantesque fournaise de Moscou, les vols, les viols, les meurtres, les saccages se multipliaient. Les rues étaient livrées à des bandes d'ivrognes, de déserteurs et de forçats libérés des prisons. Les milliers de fugitifs qui, venant de là-bas, arrivaient à Saint-Pétersbourg racontaient avec force détails les crimes de la soldatesque française. Devant ces malheureux qui avaient tout perdu, nous autres, provisoirement épargnés par le cataclysme, avions presque honte de notre chance. On se serrait, dans les plus riches maisons, pour faire place aux rescapés. Et on se préparait à partager, tôt ou tard, dans quelque cité hospitalière du Grand Nord, leur sort d'anciens notables réduits à la mendicité. En attendant cette migration tragique, on s'offrait l'amer plaisir de quelques derniers bals et de quelques derniers soupers en musique. Pendant ces réunions à la fois futiles et patriotiques, tous vouaient, en français, les Français au diable. « Vive la Russie ! criait-on. Mort à la France ! » Un jeu à la mode consistait à inventer des supplices pour Napoléon. Interrogée sur le genre de torture que je souhaitais voir infliger au monstre Bonaparte, je répondis : « Je voudrais que ce criminel fût noyé dans les larmes qu'il a fait répandre. » Tout le monde applaudit. Les convives burent du champagne français à la réalisation de mon espoir. J'étais confuse d'être félicitée pour une proposition si peu sincère. Au vrai, tout en pleurant sur les malheurs de ma patrie, je n'arrivais pas à détester celui qui en était responsable. En veut-on à la grêle qui détruit les récoltes, à la foudre qui tue le berger dans la plaine ? A quoi sert de montrer le poing aux nuages ? Napoléon était un phénomène naturel. Il se situait au-delà du bien et du mal.

Une autre idée me tourmentait tandis que je continuais de bavarder et de sourire à la ronde. Je me demandais si le cataclysme biblique qui frappait le pays n'était pas le châtiment du crime qu'Alexandre avait commis jadis en laissant assassiner notre père. Oui, une malédiction divine se cachait derrière le drame russe. Le peuple payait avec son sang la faute initiale de son souverain.

Jusqu'à la fin du repas, je ne pus me débarrasser de mon obsession. Déjà on se levait de table. Le bal commença gaiement. Je n'eus pas le courage de danser, ce soir-là. Tous les hommes que je voyais tourner au son de la musique me paraissaient des cadavres en sursis, toutes les femmes des veuves. Le jeune Valérien Znamenski s'approcha de moi et m'annonça qu'il devait se mettre en route, le surlendemain, pour rejoindre son régiment. Il avait sur son visage d'enfant une expression de fierté qui me fit mal. A sa demande, je lui offris un ruban rose qui ornait la manche de ma robe. Il promit de l'attacher à la poignée de son sabre. Je lui souris, mais je savais d'instinct que ce colifichet finirait dans un cercueil.

Mon frère Nicolas nous rejoignit. Il était furieux que notre mère lui interdît de partir pour l'armée. Il avait tout juste seize ans. Je lui représentai qu'il était trop jeune pour prendre part aux combats et que la famille impériale avait trop de responsabilités, en tant que symbole dynastique, pour qu'un de ses membres s'exposât aux aléas de la guerre. Il ne voulait rien entendre et regrettait de ne pouvoir égorger Napoléon de ses propres mains. L'impéritie de Koutouzoff l'indignait. Retranché dans le camp de Taroutino, au sud de Moscou, le feld-maréchal se contentait de surveiller les mouvements de l'armée napoléonienne, de lui barrer l'accès aux riches provinces du centre et de menacer la route de retraite vers Smolensk. Son action se bornait à des escarmouches qui décimaient les unités françaises sans les anéantir. Il était aidé dans ces opérations de harcèlement par des miliciens et des partisans surgis des campagnes environnantes. A côté de l'armée régulière, il y avait maintenant des hobereaux munis de fusils de chasse et des paysans qui brandissaient des piques, des haches et des faux. Tout cela semblait à Nicolas très sympathique mais peu efficace. Le vieux Koutouzoff espérait-il vraiment décourager Napoléon par ces brèves attaques contre les fourrageurs qui s'aventuraient hors de la ville ? N'allait-il pas, tout au contraire, l'exaspérer et le pousser à sortir du repaire moscovite pour fondre sur Saint-Pétersbourg, tel un épervier sur sa proie ?

Je partageais les craintes de mon frère. Il fallait à tout prix, pensais-je, que Koutouzoff livrât une grande bataille à Napoléon pour l'empêcher de marcher sur la capitale. Certes, Saint-Pétersbourg était à plus de six cents verstes de Moscou. Mais les distances ne comptaient pas pour ce conquérant, qui avait chaussé une fois pour toutes des bottes de sept lieues. Si Koutouzoff n'intervenait pas à temps, en quelques jours Napoléon aurait avalé les trois quarts de la Russie, nous refoulant, nous les survivants, dans les glaces du cercle polaire. Et dire que tout cela aurait pu être évité si ma mère avait consenti à ce qu'il m'épousât ! Dans un plateau de la balance, une petite grande-duchesse hantée de rêves fous, dans l'autre un amas de corps sanglants et de ruines calcinées ! Nicolas continuait à pérorer avec suffisance :

— Que Koutouzoff attaque Moscou par le sud et Napoléon ne résistera pas quarante-huit heures. Ses troupes ne sont pas ravitaillées. Il manque de munitions !

— Et nous ? demandai-je.

— Nous aussi. Mais nous sommes forts parce que nous défendons notre sol. Et la bravoure du soldat russe est proverbiale ! Je suis prêt à parier avec vous qu'avant la fin de l'année les Français auront été chassés de Russie !

— Je tiens le pari, dis-je.

— Que m'offrez-vous si je gagne ?

— Un rouble en argent !

— C'est peu !

— Dans un pari entre frère et sœur, seule compte l'intention.

Il tapa dans ma main, comme à la foire. J'eus la force de rire. J'étais très proche de mes deux jeunes frères, Nicolas et Michel. A nous trois, nous formions un club, baptisé par nous « Triopathie ». En signe d'appartenance à cette petite société secrète, nous portions chacun une bague fétiche au doigt. Malgré la confiance qui régnait entre les membres de la Triopathie, je n'aurais jamais osé confier à Nicolas ou à Michel mes pensées extravagantes au sujet de Napoléon. En dissimulant ainsi mes vrais sentiments, j'avais l'impression d'être le traître de la famille. Je m'en voulais de ma duplicité et je ne savais comment y remédier. En vérité, je n'étais heureuse que dans la solitude de ma chambre. Après ma brève conversation avec Nicolas, j'étais impatiente de quitter la fête pour me retrouver chez moi, toutes portes closes.

En me couchant, ce soir-là, j'eus la prémonition que j'apprendrais dès mon réveil le déclenchement de l'offensive de Napoléon sur Saint-Pétersbourg. Mais la journée du lendemain s'écoula sans qu'aucun mouvement de troupes eût été signalé du côté français. Napoléon hésitait toujours et Koutouzoff faisait le gros dos. Chaque heure qui passait aggravait l'anxiété dans la capitale. La superstition se mêlait à la peur. On racontait, parmi les domestiques du palais, que des signes néfastes annonçaient l'apocalypse. Certains affirmaient que la lune s'était couverte, à minuit, d'un nuage couleur de sang, d'autres qu'un veau à deux têtes était né dans les faubourgs chez une femme qui se disait sorcière, d'autres encore qu'un moine du couvent de Saint-Alexandre-Nevski avait eu la vision d'une barque descendant le fleuve avec, à l'intérieur, un chargement d'icônes aux yeux crevés.

Cependant, Alexandre recevait un message de Napoléon l'invitant à une attitude conciliante et Koutouzoff accueillait au camp de Taroutino un émissaire officiel de l'empereur des Français proposant une trêve pour préparer la paix. Sans doute n'était-ce là que des démarches de diversion. Ni Alexandre ni Koutouzoff n'en furent dupes. Je le regrettai. L'idée me vint même d'écrire, en secret, à Napoléon pour le supplier d'abandonner la partie. Sans réfléchir plus avant, je me jetai sur le papier. Je me rappelle encore à peu près les termes de cette lettre insensée : « Sire, je m'adresse à vous, en toute simplicité, à l'insu de ma famille. Les malheurs de mon pays me donnent cette audace, et aussi le souvenir d'avoir été, un instant, placée sur votre route glorieuse. Au nom de tous les morts de votre armée et de la nôtre, je vous adjure d'arrêter le massacre. Puisque vous avez déjà fait ce long chemin pour vous installer au centre de la Russie, poussez plus loin encore et venez à Saint-Pétersbourg, mais non en vainqueur sûr de ses droits, plutôt en ami très ancien, en invité curieux de voir les beautés de notre capitale et de connaître l'âme de ses habitants. La paix est possible, même après des tueries comme celles que nous avons subies. Si vous vous montrez compréhensif, je suis persuadée que mon frère, l'empereur Alexandre, sera heureux de vous tendre la main. Vous trouverez un terrain d'entente qui ménagera l'honneur de l'un et de l'autre. Et moi, sur qui vous avez daigné jadis jeter votre dévolu, je vous serai éternellement reconnaissante de votre ouverture de cœur. Puisse ma faible voix parvenir jusqu'à vous par-dessus le fracas des armes. La pudeur qui sied à une personne de ma condition devrait m'interdire de vous envoyer cette supplique, mais l'amour de ma patrie me fait un devoir de transgresser les règles de la bienséance. Si vous répondez à ce vœu insolite, l'admiration que j'ai naguère portée à Votre Majesté s'en trouvera à jamais justifiée. »

M'étant relue, je fus stupéfaite de ma hardiesse, de ma maladresse, de ma naïveté et jetai les feuillets au feu. Mais j'étais lancée. Déjà je me demandais si ma vocation n'était pas plutôt de me rendre auprès de Napoléon, telle Judith auprès d'Holopherne. Au lieu de trancher la tête à l'ennemi de mon peuple, je me contenterais de le séduire afin qu'il m'emmenât à Paris comme unique butin de ses campagnes.

Bien entendu, je renonçai à cette idée saugrenue comme à celle de la lettre. Néanmoins, les rêves échevelés qui me visitaient à l'improviste m'aidaient à supporter la réalité quotidienne. La vie se déroulait, au palais d'Hiver, avec une régularité qui dissimulait imparfaitement le désarroi des maîtres et des serviteurs. Rien n'avait changé dans nos habitudes, et cependant chacun se disait que, d'une minute à l'autre, le décor pouvait craquer, les domestiques prendre leurs jambes à leur cou, les armoires se vider et toute la Cour se transporter, cahin-caha, aux confins de l'empire. Cette notion d'insécurité était à la fois terrifiante et grisante. Portée par le courant des jours, je me préparais, d'âme et de corps, à quelque événement grandiose. J'étais en suspens dans le vide. J'existais à peine. Tout allait commencer demain. Mais de qui viendrait la décision ? De ma mère, d'Alexandre, de Napoléon, de moi-même ? Je préférais croire que ce serait de Dieu.

VI

Un jour d'octobre 1812, ma mère me demanda, pour la première fois, de l'accompagner dans une de ses visites aux hôpitaux de la ville. Elle s'y rendait, de loin en loin, pour remonter le moral des blessés. Aux yeux de tous les éclopés de Russie, elle incarnait la bienveillance impériale, et pour rien au monde elle n'eût manqué à ces obligations de « sœur de charité ». Moi, j'avais peur de ne pouvoir dominer mon horreur devant le spectacle de tant de détresse. En pénétrant dans la vaste salle commune, je fus suffoquée par l'odeur de crasse, d'urine et de gangrène qui se dégageait de ces corps allongés côte à côte. Les uns reposaient par terre sur une simple paillasse, d'autres étaient étendus à quatre sur une sorte d'estrade en planches qui servait de lit, avec une seule couverture pour tout le groupe. Mes yeux couraient d'une tête enveloppée de bandages tachés de sang à un moignon de bras ou de jambe dans son empaquetage de linges souillés et de charpie. De cet étalage de misère s'élevait un concert de toux, de gémissements, de râles et de jurons. Mais le silence se fit dès que nous eûmes franchi le seuil. Des médecins et des infirmiers nous encadraient et donnaient, devant chaque patient, des explications que j'entendais à peine. Je défaillais sous le poids de cent regards de fièvre attachés à mon visage. Derrière ces épaves humaines, j'imaginais la violence du carnage, la souffrance des chairs déchirées, l'appel lancinant aux brancardiers, sur les champs de bataille, à la tombée du soir. Ma robe trop élégante me faisait honte. Et ma bonne santé aussi. Tous les gens valides de la capitale me semblaient coupables parce que je découvrais l'enfer des lazarets. Devinant mon trouble, ma mère me lança un coup d'œil sévère : une grande-duchesse ne devait s'attendrir qu'avec modération. Je pris sur moi de sourire, alors que ma gorge se contractait de pitié.

Les officiers blessés se trouvaient parqués dans la salle voisine. Ils étaient aussi affreux à voir et sentaient aussi mauvais que les simples soldats. Une fois l'uniforme ôté, il n'y avait plus de différence entre les grades. Qui était responsable de cette boucherie ? Alexandre ? Napoléon ? Je ne me posais même pas la question. Tout à coup, pour moi, la Russie avait un visage, celui d'un jeune inconnu amputé d'une jambe, qui tentait de se redresser sur ses coudes pour faire bonne contenance devant les visiteuses impériales. Un sous-lieutenant sans doute. A peine plus âgé que mon frère Nicolas. Sa figure imberbe était rouge de confusion. Comme s'il nous eût demandé pardon de sa chemise sale, de son odeur, et peut-être de son infirmité. Manifestement, nous étions pour lui une apparition céleste. Il s'attendait à nous voir repartir sur un nuage. J'entendis ma mère prononcer les paroles habituelles :

— Quel est votre nom, votre grade ?

— Cornette Fédor Mikhaïlovitch Goloubiakine, balbutia-t-il.

— Quel âge ?

— Dix-neuf ans, Votre Majesté impériale.

— Quand avez-vous été blessé ?

— Il y a douze jours !

— Avez-vous été promptement secouru ?...

Votre famille a-t-elle été prévenue?... Votre conduite sous le feu de l'ennemi vous vaudra sûrement une récompense...

A ce moment, il y eut une bousculade du côté de la porte. Un courrier du palais se présenta de la part du tsar, porteur d'un message urgent pour Sa Majesté l'impératrice douairière. Ma mère décacheta le pli, lut rapidement la lettre et une lueur de triomphe brilla dans ses prunelles. La taille cambrée, le menton haut, elle dit d'une voix forte, afin d'être entendue de tous :

— Sa Majesté l'empereur m'informe que, d'après le dernier bulletin du feld-maréchal Koutouzoff, reçu au palais, Napoléon a abandonné Moscou. Renonçant à marcher sur Saint-Pétersbourg, l'armée française, épuisée et désorganisée, se dirige vers le sud. Nos vaillantes troupes harcèlent les fuyards dans leur retraite. Dieu nous a entendus. La Russie est sauvée!

Il y eut une seconde de stupéfaction muette. Et subitement un immense hourra s'échappa de toutes les poitrines. Le cornette Goloubiakine, les yeux hors de la tête, criait plus fort que les autres. Ma mère se signa. L'assistance entière l'imita dans un murmure de bénédiction. On riait, on pleurait, on se félicitait entre voisins de lits. A croire que tous ces invalides venaient de recouvrer l'usage de leurs membres.

En un clin d'œil, la nouvelle fit le tour de l'hôpital. L'aumônier accourut. On organisa, séance tenante, une prière publique. Pendant que le prêtre officiait au milieu de la salle, je m'efforçai de prendre la mesure de l'événement. Une mélancolie suspecte se mêlait à ma joie. Le danger était écarté, mais aussi le rêve. La seule chance que j'avais de rencontrer Napoléon m'était brutalement ôtée. En se détournant de Saint-Pétersbourg, il se détournait de moi. Pour la seconde fois, il me faisait faux bond à la veille du rendez-vous. J'avais beau me dire que ce regret était absurde, que l'unique chose qui comptait, c'était la délivrance de Moscou, que ma situation m'ordonnait de me réjouir, avec tout le pays, des défaites de l'envahisseur, le malaise persistait au creux de ma poitrine. Un assistant du prêtre balançait l'encensoir. Le parfum sucré de l'encens se mêlait à présent aux remugles médicinaux. Quand la cérémonie fut terminée, ma mère ordonna de distribuer une ration de vodka à tous les blessés de l'hôpital. Nous nous retirâmes, saluées par un murmure de gratitude.

Revenue au palais, j'eus à subir, cette fois, l'allégresse débordante des dignitaires de tout plumage. A croire que c'étaient eux qui avaient bouté l'ennemi hors de Moscou. De l'avis unanime, Napoléon avait pris sa décision parce qu'il craignait pour ses troupes un rude hiver dans les ruines de la ville, le manque de ravitaillement, le relâchement de la discipline, conséquence d'une inaction prolongée, les perpétuels assauts des partisans russes contre les unités qui s'aventuraient dans la campagne. Un dur engagement à Vinkovo, près de Taroutino, venait d'ailleurs de tourner à son désavantage. Koutouzoff, le patient, le somnolent, avait bien fait de prendre son temps avant de frapper. Nicolas me l'expliqua avec une exaltation qui me fut bizarrement désagréable.

— Trente-deux jours ! disait-il. Napoléon n'aura tenu que trente-deux jours à Moscou ! Et ces trente-deux jours auront transformé ses soldats en pillards, en ivrognes et en déserteurs. Koutouzoff l'avait prévu. Napoléon est peut-être un grand capitaine. Mais le vieux Koutouzoff est encore plus fort que lui. Ah ! comme je suis heureux ! Comme je voudrais être avec ceux qui poursuivent les Français, l'épée dans les reins !

Ce jour même, Michel et lui demandèrent, une fois de plus, à ma mère de les laisser partir pour l'armée. Et, une fois de plus, cette autorisation leur fut refusée en raison de leur jeune âge et de la nécessité pour la famille impériale de rester groupée durant des heures si graves pour le pays. Ils revinrent à moi avec des mines d'enfants punis. Le club de la Triopathie tint conseil dans le petit salon attenant à ma chambre. Pour consoler mes deux frères, je leur assurai que Napoléon n'avait pas dit son dernier mot, qu'il pouvait très bien se retrancher ailleurs pour continuer la lutte et qu'ils auraient sûrement l'occasion, dans quelques mois, de prendre part aux combats comme ils le souhaitaient. Cette perspective parut les réconcilier avec leur oisiveté actuelle.

— Ce serait désolant pour nous si la guerre se terminait sans que nous ayons même vu l'ennemi à la lunette d'approche ! s'écria Michel.

Il avait quatorze ans. Son impatience me parut comique. Nicolas, lui, de deux ans son aîné, était plus proche de la réalisation de son vœu. Mais, en le regardant, je pensais irrésistiblement au pauvre cornette Goloubiakine avec sa jambe en moins. Michel voulut absolument connaître mon opinion sur ce qu'il appelait « la carrière malfaisante de Bonaparte ». Je lui répondis prudemment qu'à mon avis cet homme était un remarquable administrateur, qu'il avait réorganisé la France, mais qu'il s'était rendu odieux à toutes les nations civilisées en poursuivant une politique de conquête sans égard pour le sang versé.

— Je vous trouve bien indulgente envers lui, me dit-il. Je crois, moi, qu'il n'a rien fait de bien ni dans son pays ni ailleurs ! Quand je pense qu'il a osé demander votre main !...

A ces mots, je ressentis ce léger pincement au cœur que je connaissais bien. Toutes mes illusions, toutes mes déceptions se réveillèrent, tel un nid de frelons aux premiers rayons du soleil.

— Oui, répondis-je faiblement. C'est assez singulier...

— Quelle outrecuidance ! Lui, un soldat sorti du rang ! Et vous, une grande-duchesse de Russie ! Il ne doute de rien !

— S'il n'a pas la naissance, il a le génie, observai-je évasivement.

— Je n'appelle pas cela du génie ! s'écria-t-il.

— Et quoi alors ?

— De la chance ! Mais le vent tourne ! Nous assistons au début de la dégringolade !

Il se frottait les mains. Je le trouvai cruel et bête. Pour couper court à ses réflexions, j'appelai Nathalie. Devant elle, il fit le joli cœur. Puis il s'en alla, entraînant derrière lui Michel, qui le suivait partout comme son ombre. Mais Nathalie, elle aussi, était d'une humeur agressivement patriotique. Elle me serina ses refrains glorieux. Le tout en français, bien sûr. Même pour insulter la France, il ne nous venait pas à l'idée d'utiliser une autre langue que celle de l'ennemi. Elle me dit :

— Je n'ai jamais été aussi fière d'être russe !

— Moi non plus, répliquai-je. Et cependant, je crains qu'il ne soit trop tôt pour chanter victoire.

Soudain Nathalie eut un regard d'une telle intensité, d'une telle profondeur, que je me sentis dénudée. Elle pénétrait en moi par effraction. Sans cesser de m'observer, elle murmura avec un demi-sourire :

— J'ai l'impression, Votre Altesse impériale, que tout n'est pas clair dans votre tête !

Furieuse d'être ainsi devinée, je la renvoyai d'un ton sec :

— Laissez-moi ! vous m'ennuyez, Nathalie Mikhaïlovna !

Quand elle eut repassé le seuil, je regrettai ma brusquerie. Je voulus même la rappeler pour m'expliquer devant elle. Mais une grande-duchesse n'a pas de comptes à rendre à une demoiselle d'honneur. Enfermée dans ma dérisoire dignité, j'étais moins libre de mes sentiments que la dernière des filles serves.

Le soir, il y eut un souper de gala au palais. Une même jubilation éclairait les visages.

Alexandre, rajeuni, ragaillardi, était en pleine apothéose. Autour de lui, les ambassadeurs des pays alliés rivalisaient de flagornerie. Le repas me parut succulent : le chef de cuisine, Pastoureau, était d'ailleurs français. L'impératrice douairière et l'impératrice Elisabeth arboraient les plus beaux bijoux de la couronne. J'avais revêtu une robe de velours bronze assez stricte, agrémentée de broderies ton sur ton. Me prenant à part à notre sortie de table, ma mère me reprocha de m'être habillée trop simplement pour la circonstance.

A dater de ce jour, je pris connaissance avec une passion accrue des bulletins de l'armée. Ils étaient de plus en plus optimistes. Les Français, éclopés, affamés, désorganisés, alourdis de butin, se traînaient en bandes hagardes sur les routes. Après un rude engagement à Malo-Iaroslavets, Napoléon se rabattait sur Smolensk, à travers des régions dévastées. Avec les premières chutes de neige, le froid achevait de démoraliser les fuyards. Les cosaques de Platoff tombaient à tout moment sur cette horde déguenillée, massacraient les hommes, raflaient les restes de provisions et disparaissaient, terribles et insaisissables, dans la brume hivernale. En arrivant, épuisés, à Smolensk, les survivants découvraient une ville déserte, où il n'y avait aucune possibilité de se nourrir ni de se loger. Force était pour eux d'aller toujours plus loin, sans répit. Et c'était le massacre de la Bérézina. Un piège pour ce qui restait de la fameuse Grande Armée, composée de vingt nations disparates. Dans le peuple, on disait que c'était le moujik russe, avec sa faux, qui avait chassé l'occupant.

Je crus un instant que Napoléon serait fait prisonnier sur place. Mais il parvint à s'échapper. Abandonnant ses troupes, il regagna la France en brûlant les étapes. A sa suite, les derniers lambeaux des unités françaises repassèrent la frontière en désordre. Comme le proclamait ma mère : « La Russie a enfin balayé de son sol ceux qui étaient venus insulter sa grandeur et souiller ses églises. » Koutouzoff réoccupait Vilna. Alexandre en personne se rendait dans la cité reconquise. Malgré son peu de sympathie pour le vieux feld-maréchal, il le remerciait de ses efforts et l'honorait du grand cordon de Saint-Georges. Mais, alors que Koutouzoff lui conseillait de déposer les armes puisque l'ennemi avait été chassé du territoire national, il affirmait vouloir continuer la lutte pour abattre définitivement Napoléon. Ma mère lui donnait raison à distance et répétait : « Le foyer du mal est en France. Si nous voulons une paix durable, il faut la signer à Paris ! » D'ailleurs tous les « vrais patriotes » étaient de cet avis. Moi, je pensais que la poursuite de la guerre se solderait par de nouvelles hécatombes. Je venais d'apprendre la mort, au combat de Malo-Iaroslavets, de mon inoffensif soupirant Valérien Znamenski. Je recherchai le petit livre qu'il m'avait offert autrefois : les poèmes de Derjavine. Je l'ouvris au hasard :

Le fleuve du temps, dans son cours,
Emporte les travaux des hommes
Et jette au gouffre de l'oubli
Peuples, royaumes et monarques.

Ces vers me semblèrent prophétiques. Mais ce n'est pas à Valérien Znamenski que je songeai en les lisant : plutôt à Napoléon, à son ambition brisée, à son désarroi dans la défaite, à la trahison et à la haine qui, sans doute, l'accueilleraient en France après l'échec de sa folle entreprise. Certes, il avait tant de victimes sur la conscience qu'il méritait ce châtiment. Et cependant, je me surprenais à le plaindre tout en le condamnant. Je ne pouvais m'arracher de la tête l'idée que, si j'avais été à ses côtés, il n'aurait pas commis l'erreur d'attaquer la Russie.

Le 1er janvier 1813, une messe solennelle fut célébrée à Saint-Pétersbourg, en la cathédrale de Kazan, pour remercier Dieu d'avoir permis la triomphale libération de la patrie. A cette occasion, Nicolas me rappela notre enjeu. Il avait parié avec moi qu'à la fin de 1812 il ne resterait plus un seul Français sur notre sol. Comme convenu, je lui remis un rouble en argent.

— Vous avez gagné ! lui dis-je.

Il rectifia, le visage grave :

— *Nous* avons gagné !

Et il glissa la pièce de monnaie sous la cravate fixe de son uniforme.

Mais cette rondelle de métal, coincée contre son cou, le gênait. Il fit la grimace.

— Attention, Nicolas, murmurai-je, votre rouble va tomber...

— Pas de danger ! répliqua-t-il avec un

sourire conquérant. Il est pris dans un pli. Plus tard, je le ferai enchâsser dans un bloc de malachite et je le placerai sur mon bureau pour l'avoir toujours sous les yeux !

VII

Les soldats russes foulant le sol de la France : impossible à imaginer deux ans plus tôt, cette éventualité extraordinaire était devenue une réalité. Il avait fallu pour cela la surprenante ténacité d'Alexandre, appelant l'Europe entière à se débarrasser de « l'Attila moderne », l'alliance de la Prusse avec la Russie, le refus de toute offre de paix immédiate, le concours furtif de l'Autriche, la victoire des coalisés à Leipzig, le repli désespéré des derniers régiments de Napoléon, chancelant sous le nombre. J'avais suivi avec angoisse les étapes de cette agonie de « l'Aigle ». Chaque coup qu'on lui portait dans son ultime vol retentissait en moi comme une blessure personnelle. Heureuse pour mon pays, j'étais, inexplicablement, malheureuse pour moi-même. Tout ensemble exaucée et vaincue, je devais affecter, à la cour, une attitude joyeuse qui me coûtait. Je participais en automate aux fêtes qui saluaient nos succès militaires et diplomatiques. Et, en rentrant, le soir, dans ma chambre, j'avais honte de ma duplicité.

Dans l'intervalle, Catherine, ayant perdu son mari, le prince Georges d'Oldenbourg, voyageait d'une capitale à l'autre pour étourdir son veuvage dans les mondanités, Koutouzoff, usé par les fatigues de la guerre, rendait le dernier soupir sans avoir pu achever sa tâche, et, tout danger semblant écarté, mes frères Nicolas et Michel recevaient enfin l'autorisation de rejoindre l'armée. Mais ma mère les avait flanqués d'un chaperon scrupuleux : le vieux général Mathieu Lambsdorff. Il avait ordre de contenir leur ardeur belliqueuse et de ne les exposer au danger sous aucun prétexte. La veille de leur départ, ils vinrent me faire leurs adieux avec des visages de champions. On eût dit qu'ils s'apprêtaient pour un bal masqué. Je feignis de les envier.

— Nous vous écrirons de Paris, me dit Nicolas.

— Tâchez de ne pas y perdre votre âme ! répliquai-je. On prétend que c'est la Babylone du dix-neuvième siècle !

— Peut-être nous y retrouverez-vous, ma chère sœur, au moment des fêtes de la victoire ?

— J'en doute !

— Pourquoi ?

— Mettons que je me sente trop bien ici !

— Vous n'aimeriez pas voir Paris ?

— Si, avouai-je. Mais pas dans ces circonstances !

— Je ne vous comprends plus !

— Le Paris que vous occuperez ne sera pas le vrai Paris.

— Mais si ! Mais si ! Tous les grands esprits s'y rencontreront !

— Pas tous !

— Qui donc, d'après vous, manquera à l'appel ?

— Napoléon, entre autres, répondis-je.

Et, menaçant Nicolas du doigt, j'ajoutai :

— Ne vendez pas la peau de l'ours avant de l'avoir mis par terre !

— L'ours en question ne tient déjà plus sur ses pattes ! assura Michel. Dans moins d'un an, personne, même en France, ne parlera de lui !

La juvénile forfanterie de mes frères m'agaçait. Ils ne s'en aperçurent pas et me quittèrent persuadés que j'admirais leur prestance.

De Saint-Pétersbourg, ils gagnèrent Berlin, puis Vesoul, mais, devant la menace d'une contre-offensive française, Lambsdorff les emmena précipitamment loin des combats, à Bâle. Cependant, de défaite en défaite, Napoléon se retrouvait à Fontainebleau, parmi ses maréchaux qui avaient fini de croire en son étoile. Quand la nouvelle de la capitulation de Paris arriva chez nous, je crus d'abord à une fausse rumeur, propagée par les ultra-patriotes de Saint-Pétersbourg. Mais les jours suivants confirmèrent le déclin de la France. Les officiers russes qui avaient participé à la campagne écrivaient à leurs familles pour raconter l'entrée triomphale de nos troupes à Paris, l'enthousiasme de la foule acclamant ses libérateurs et l'empressement, autour d'Alexandre, de tous les anciens serviteurs de l'empereur des Français. L'impératrice Marie-Louise s'était dépêchée de quitter la capitale pour se réfugier à Rambouillet, auprès de son père, l'empereur d'Autriche François, allié des Russes après avoir été celui des Français. Une telle lâcheté, de la part d'une épouse impériale, m'indignait, mais je n'avais personne à qui le dire.

Et puis, ce fut l'abdication, la célébration du jour de Pâques par une messe orthodoxe sur la place Louis-XV, où le roi Louis XVI avait été guillotiné onze ans auparavant, l'adieu de Napoléon à ses anciens compagnons d'armes à Fontainebleau, son départ honteux pour l'île d'Elbe, l'arrivée du bedonnant, podagre et vaniteux Louis XVIII que les Français, en désespoir de cause, avaient appelé comme souverain. Je vivais tous ces événements grâce aux nombreuses lettres qu'Alexandre adressait à notre mère. Bien qu'acheminées par courrier spécial, elles mettaient si longtemps à nous parvenir que, au moment où nous étions informées d'un événement, il était déjà loin derrière nous. Ces inévitables retards dans la connaissance des faits m'agaçaient comme un défi à mon impatience. Ma mère en revanche ne semblait pas en souffrir. Elle me lisait à haute voix les passages les plus significatifs des missives de son fils. A travers ces récits, j'imaginais le séjour des Russes à Paris comme une succession d'hommages à la clairvoyance et à la générosité du vainqueur. Ce qui m'étonnait, c'était le discrédit où Napoléon était tombé auprès de ses compatriotes. On le blâmait pour toutes les guerres qu'il avait menées au mépris des pertes humaines. On le maudissait d'avoir voulu agrandir la France jusqu'à la faire craquer par excès de gonflement. On oubliait les heures de gloire pour ne songer qu'aux sacrifices. Et, par contraste, Alexandre ressortait blanc comme neige. Il était l'archange lumineux face au diable corse. Ce symbolisme naïf était capable d'enflammer les masses. Je le ressentait vivement, mais devais enfouir ma révolte au fond de mon cœur. Après s'être installé en l'hôtel de Talleyrand, Alexandre, maintenant, habitait le palais de l'Elysée. Pour un peu, les Français l'auraient proclamé roi de France.

D'autres lettres m'apprirent que, par manière de galanterie, il faisait une cour assidue à la femme répudiée de Napoléon, la créole Joséphine. Cela aussi me déplaisait, comme une insulte inutile à la mémoire d'un vaincu. Je regrettais de n'être pas moi aussi à Paris.

Mais qu'y aurais-je fait, moi, pauvre grande-duchesse de Russie ? Aurais-je osé dire à Alexandre de ne pas se laisser griser par l'encens qui montait de toutes parts à ses narines ? Aurais-je eu le front de reprocher publiquement aux Parisiens leur lâche abandon d'un empereur qu'ils adoraient naguère ? Tout compte fait, j'étais plus à ma place loin du tumulte politique, sur les bords de la Néva, que comme femme de conviction et d'action sur les bords de la Seine. Mon rôle, une fois de plus, était de regarder, de souffrir et de me taire. J'y voyais, en quelque sorte, la rançon de ma vocation dynastique.

Sur ces entrefaites, Joséphine mourut des suites d'un chaud et froid contracté au cours d'une promenade. Alexandre s'en montra si désolé qu'il fit rendre les honneurs militaires à la défunte par un détachement de sa garde. Je fus bizarrement soulagée de cette fin tragique. Comme si un obstacle venait de tomber entre moi et mes ambitions de jeunesse.

Et soudain, alors que je m'habituais à l'éloignement de Napoléon, de Marie-Louise, à la disparition de Joséphine – toutes ombres qui avaient si longtemps hanté mes rêves –, une information, encore confidentielle, me stupéfia : les chancelleries s'agitaient autour d'un nouveau projet : il était question de me faire épouser Charles-Ferdinand de Bourbon, duc de Berry, neveu de Louis XVIII. Qui avait eu cette idée saugrenue ? J'ignorais à peu près tout du personnage auquel on me destinait. On disait de lui que c'était un mauvais sujet, fameux pour ses frasques, son don de repartie et son courage. Au physique, selon les témoins, un homme de trente-six ans, massif, court sur jambes, avec une tête enfoncée dans des épaules de lutteur, le teint brique, le poil noir et frisé. Rien de tout cela n'était fait pour me séduire. Passer de Napoléon le grand à ce gai luron aux mains lestes était une déchéance que je n'avais pas méritée. Je me promis d'en parler à ma mère avant qu'il ne fût trop tard.

C'est elle qui prit les devants. Un soir, après souper, elle vint me trouver dans ma chambre et renvoya Nathalie pour rester avec moi tête à tête. D'emblée, elle m'attaqua sur l'affaire. Je la savais jalouse de l'autorité qu'elle exerçait au sein de la famille. Aussi m'imposai-je d'atténuer la netteté de ma réaction par une formule de déférence.

— Oui, mère, je suis au courant, répondis-je. Comme toujours, je suivrai vos instructions. Mais j'avoue que ce parti ne me sourit guère...

— Que voulez-vous de plus ? Le duc de Berry est un Bourbon. Son frère aîné, le duc d'Angoulême, étant d'une complexion chétive, c'est le duc de Berry qui est le seul espoir de la dynastie. Tôt ou tard, il sera appelé à un rôle éminent. Vous qui aimez tant la France, vous devriez vous réjouir de ses intentions !

— Je ne souhaite pas quitter la Russie.

— Une grande-duchesse n'a pas de souhaits : elle n'a que des devoirs.

— Je ne le sais que trop, mère.

— Eh bien, dans ce cas, mettez de côté vos préventions et préparez-vous au destin que votre frère et moi choisirons pour vous. Priez ! Priez, mon enfant, ainsi tout vous paraîtra plus facile !

— Si je prie, ce sera pour qu'Alexandre oublie mon existence ! murmurai-je en baissant la tête.

Elle me releva le menton avec son doigt chargé de bagues, planta ses yeux dans les miens et demanda d'une voix coupante :

— Vous voulez donc rester vieille fille ?

— Non, mais...

— Vous étiez moins réticente, ce me semble, lorsqu'il s'agissait d'un projet de mariage avec Napoléon !

— En effet.

— Pourtant l'un et l'autre sont français !

— Cela ne suffit pas à les rendre interchangeables !

— Napoléon était un parvenu, un spadassin, un aventurier sans origine, alors que le duc est le descendant d'une longue suite de rois, remontant à Henri IV, à Saint Louis. Une dynastie plus ancienne encore que la nôtre ! En l'épousant, vous ne feriez pas une mésalliance. Et puis, songez à ce que vous seriez aujourd'hui si nous avions consenti à votre union avec un Bonaparte. Chassée de France, honnie par toutes les cours européennes, vous n'auriez plus que vos yeux pour pleurer !

Un éclair de rage me traversa. Pour la première fois de ma vie, j'osai défier ma mère.

— Je l'aurais suivi dans son exil, dis-je, j'aurais partagé sa disgrâce après avoir partagé sa gloire !

— C'est ce que devait se dire Marie-Louise avant de prendre le chemin de Vienne avec son fils.

— Je ne suis pas une Marie-Louise !

— Toutes les femmes sont plus ou moins des « Marie-Louise » quand elles ont un enfant sur les bras. La nature humaine est ainsi faite que, tôt ou tard, la nécessité de survivre a raison des plus grands sentiments.

Elle s'était quelque peu radoucie. Nous étions assises de part et d'autre de la cheminée où brûlait un feu de bois. Les flammes éclairaient le visage de ma mère, plein et sain, au teint fleuri, à la bouche vermeille. J'eus l'impression que je n'avais rien de commun avec cette femme si sûre d'elle-même, de ses décrets, de sa santé et du moindre pli de sa robe. Elle était tout contentement et j'étais tout inquiétude.

— Sait-on ce que devient Napoléon ? demandai-je d'un ton mal assuré.

Elle rit de toutes ses dents courtes et blanches :

— De quoi allez-vous vous soucier, Annette ? Il s'occupe comme il peut, dans son île, il joue au monarque, il réorganise son lopin ! En vérité, votre frère a été trop bon avec la France. Tous ces traités compliqués, toutes ces timides rectifications de frontières !... Le châtiment aurait dû être plus rude. Mais Alexandre a voulu se montrer magnanime dans le triomphe. Au fond, tout en détestant Napoléon, il l'a toujours admiré, tandis qu'il méprise Louis XVIII et sa prétendue légitimité !

— Alors pourquoi veut-il me pousser à épouser le duc de Berry ?

— Rien n'est encore décidé. Votre frère hésite. Outre qu'il n'a aucune sympathie pour le roi, il craint de lier sa famille à celle d'un Bourbon, dont le trône lui paraît insuffisamment établi. Louis XVIII ne tient debout que grâce aux alliés qui tolèrent sa présence. Tout Paris est en ébullition. Monarchistes, bonapartistes, républicains déchirent le pays par leurs exigences contradictoires. Comme moi, Alexandre préfère attendre la suite des événements en France avant de dire carrément oui ou non en ce qui vous concerne. Je ne vous en conseille pas moins d'envisager avec sérénité la perspective de ce mariage. Nesselrode et Talleyrand, chacun de son côté, étudient la chose. Je ne veux pas vous prendre par surprise. A bon entendeur...

Selon son habitude, elle me baisa au front avant de se retirer.

J'étais glacée. Il me semblait qu'en cédant à ma mère j'allais trahir Napoléon. Comme si je lui avais été de tout temps destinée. Comme si j'étais liée à lui par un serment dont nul, à la cour, ne savait rien. Après m'être crue libre de mes sentiments, je redevenais une monnaie d'échange entre diplomates. Un dégoût de moi-même me souleva le cœur. Quand Nathalie revint pour assister à mon coucher, je la priai de me laisser seule.

La nuit, je fis un cauchemar. Je rêvai que j'étais écartelée entre Napoléon et le duc de Berry, chacun me tirant par un bras. Ils avaient tous deux des mufles de bêtes féroces. Un vent furieux me décoiffait et plaquait mes cheveux contre mon visage. Je criais, dans la tempête, sans qu'aucun son sortît de ma bouche.

Je m'éveillai, pénétrée d'effroi et de résignation, et décidai d'écrire à mon frère pour lui faire comprendre, à mots couverts, que je n'étais pas pressée de prendre un mari, fût-il français et de haut lignage.

Ma lettre partit le matin même. J'attendis la réponse avec angoisse. Elle ne vint jamais. Sans doute Alexandre était-il occupé par des problèmes d'une autre importance. D'ailleurs, dès le mois de juin 1814, il quittait Paris pour aller à Londres où l'attendait notre sœur Catherine, l'esseulée, la vagabonde. Il y fit une nouvelle moisson d'hommages et reparut, vers la mi-juillet, à Saint-Pétersbourg.

Encore un *Te Deum* à la cathédrale de Kazan, encore des soupers de gala, encore des courbettes devant le « tsar béni de Dieu », encore des flonflons, des fleurs, des prières... Il me fallut attendre huit jours pour pouvoir parler seule à seul avec Alexandre. Dès mes premiers mots au sujet du duc de Berry, il coupa court :

— L'affaire est encore en suspens. Je vous aviserai, le moment venu, de la tournure des négociations. D'ici là, ma chère Annette, ne pensez à rien d'autre qu'au plaisir de nos retrouvailles !

Son ton était si péremptoire que j'en fus heurtée. Qu'était-il advenu du gentil Alexandre d'autrefois ? Etaient-ce les fêtes en son honneur ou la fréquentation des étrangers qui l'avaient changé à ce point ? Il paraissait fatigué, revenu de tout et comme mécontent d'avoir atteint le but qu'il s'était fixé. La satiété de la gloire l'avait, disait-on, rapproché de Dieu. Ayant reconnu la vanité de toute entreprise humaine, il cherchait, dans des spéculations mystiques, les motifs de sa présence sur terre. Je compris que, malgré mes dix-neuf ans, il me considérait comme une enfant dont les petits orages sentimentaux ne tiraient pas à conséquence. Croyant toucher son cœur, je me cognais à un mur. Je n'avais plus de frère. Après un échange de banalités, il me planta là, pressé de se mêler à la compagnie des personnes de poids.

Le mois suivant, la cour fut très agitée, car Alexandre se préparait à rejoindre le fameux Congrès de Vienne, destiné à rétablir l'équilibre en Europe après la chute de Napoléon. La Russie, l'Autriche, la Prusse, la Grande-Bretagne avaient hâte de se partager les dépouilles du vaincu. Notre pays était représenté par Nesselrode. A côté de lui, il y avait Metternich, Hardenberg, Castlereagh, et, en face, pour sauver ce qui restait de la France, ce vieux renard de Talleyrand. De grandes réjouissances étaient prévues dans la ville, autour de la table des négociations. Pour donner plus d'éclat à la réunion des chefs d'Etat, l'impératrice Elisabeth, bien que peu attirée par les mondanités, se résigna à rejoindre son époux. Je me félicitai de n'avoir pas été conviée à cette danse de joie sur le cadavre de la France.

Lors du départ de l'empereur, puis de l'impératrice, j'éprouvai à la fois le sentiment d'un vide vertigineux et d'une heureuse libération. Fuyant la chaleur de la capitale, ma mère m'emmena avec elle à Pavlovsk. Nous habitions le château. Chaque jour, je me promenais avec Nathalie dans le parc. L'univers me semblait frappé d'un engourdissement féerique. Le temps s'était arrêté de couler. J'avais oublié le duc de Berry. Et même Napoléon. J'étais revenue à l'époque de l'insouciance et presque de l'innocence. C'est pendant une de ces randonnées matinales dans les jardins que Nathalie me révéla son nouveau secret. Elle avait été demandée en mariage par un certain Cyrille Petrovitch Soudarski, modeste secrétaire au ministère des Affaires étrangères. Il avait vingt-huit ans et était bien fait de sa personne. Des deux côtés, les parents se déclaraient d'accord. Certes, il ne s'agissait pas d'un parti très reluisant, mais Nathalie n'était plus toute jeune. Et puis, elle l'avoua en baissant les yeux, elle était éprise. Autant que lui sans doute :

— Nous nous aimons, Votre Altesse impériale. Et c'est ce qui compte avant tout !

J'écoutai avec émotion cette phrase magique dans sa simplicité. Pourquoi ne pouvais-je, moi aussi, choisir comme futur mari un homme sans titre, mais qui me plairait ? Pourquoi étais-je condamnée à épouser des princes qui n'avaient rien pour me séduire hormis leur situation politique ? A cet instant, ma haute naissance me parut une malédiction du ciel. J'enviai Nathalie pour son bonheur terre à terre. Mise en confiance, elle chuchotait :

— Si vous saviez comme il est doux et prévenant avec moi ! Il est grand, il est blond, il a des yeux gris-vert. Auprès de lui, je me sens affranchie de tous mes soucis, légère, légère...

Je réprimai un sourire. Quelle douce sottise dans ces propos énamourés ! Comme j'aurais voulu pouvoir débiter, à mon tour, de telles inepties avec un tel élan ! Et elle n'était même pas jolie avec son nez effilé, ses yeux minuscules et ses lèvres pâles et gercées ! Brusquant la conversation, je demandai :

— Vous a-t-il déjà embrassée ?
— Oui, chuchota-t-elle en clignant des paupières.
— Souvent ?
— Chaque fois que nous nous sommes vus seul à seule.
— Et cela vous a plu ?
— C'était le paradis !

Jamais aucun homme n'avait effleuré mes lèvres d'un baiser. Il me sembla que j'étais privée du meilleur de la vie. L'étalage des joies sentimentales de Nathalie me faisait mal. Mais elle était lancée. Quelles privautés allait-elle encore m'assener ? Je coupai court à son exaltation :

— Avez-vous fixé la date du mariage ?

— L'hiver prochain, je suppose... Etant donné ma position à la Cour, il faudra d'abord que j'obtienne l'autorisation de Sa Majesté impériale, votre mère...

— Je lui parlerai, dis-je avec effort. Elle m'écoutera...

Ma voix tremblait. Je détournai les yeux pour ne plus voir le visage extasié de Nathalie. On était à la mi-septembre. Une chaleur orageuse pesait sur le parc aux lourdes verdures chiffonnées. Des nuages gris échevelés dérivaient dans le ciel bleu. Le grondement du tonnerre était tellement assourdi qu'on aurait cru le roucoulement d'une colonie de pigeons. Derrière les frondaisons épaisses et sèches se dessinaient le dôme et la colonnade en hémicycle du château. Tout cela était si solide, si bien planté, si quotidien, que les rêves fuyaient d'eux-mêmes devant l'architecture inébranlable de la réalité. Nous nous assîmes sur un banc. Je pris la main de Nathalie et murmurai :

— Je vous souhaite un grand bonheur, ma chère.

— Moi aussi, je vous souhaite un grand bonheur, Votre Altesse impériale ! s'écria-t-elle en me lançant un regard éperdu de reconnaissance.

— Avec qui ? dis-je amèrement. Avec le duc de Berry ? Avec un prince autrichien, anglais, prussien que je n'aurai jamais vu ? Il n'y a pas de bonheur possible pour un être comme moi, Nathalie. Ce qui me sauve, c'est la songerie éveillée. Dans ma tête, je peux tout ; dans l'existence journalière, rien...

Le vent frais, venant du lac, apportait une odeur marécageuse. Les feuillages paraissaient plus sombres et comme gorgés de nuit, alors que le ciel était encore lumineux. Le tonnerre se rapprochait. Il allait pleuvoir.

— Rentrons, dis-je.

Sur le chemin du retour, Nathalie me demanda :

— Quand comptez-vous parler pour moi à Sa Majesté l'impératrice mère ?

— Dès cet après-midi, répondis-je.

Et je pensai, la poitrine écrasée de tristesse : « Comme elle est pressée ! Comme elle a de la chance ! » Les premières gouttes d'une averse tiède nous mouillèrent au moment où nous gravissions le perron.

VIII

Chaque jour, je me félicitais de n'avoir pas été conviée aux cérémonies du Congrès de Vienne. Les lettres de ma sœur Catherine qui, elle, s'était rendue là-bas comme il sied à une étoile de la vie cosmopolite, étaient pleines de cancans dérisoires et d'aberrantes considérations politiques. De page en page, elle retaillait la carte de l'Europe. Qu'elle avait donc changé, ma Catherine, depuis le temps de mon enfance ! Etaient-ce ses deux maternités ou son veuvage qui lui avaient dérangé les nerfs ? Son exaltation patriotique et sa fatuité l'éloignaient de moi. Peut-être aussi ne pouvais-je lui pardonner son animosité systématique à l'égard de Napoléon ? A Vienne, elle était parfaitement à l'aise dans un cercle de rois, de princes et de femmes éblouissantes de beauté ou d'esprit. La concurrence excitait son besoin de plaire. Elle m'annonçait avec fierté ses succès auprès des nombreux diplomates qui bourdonnaient autour d'elle, telles des abeilles autour d'un pot de confiture. A travers ses récits, je devinais que, dans cette capitale prise de folie, la politique et les intrigues amoureuses s'entremêlaient en guirlandes sans fin. Pendant que les plénipotentiaires, réunis en séance, péroraient, se disputaient, se réconciliaient et échangeaient des sourires en préparant de nouveaux coups fourrés l'un contre l'autre, leurs collaborateurs et collaboratrices, transformés en mouchards, surveillaient les familiers des maîtres de l'heure. Tout le petit monde qui grouillait autour de la table des conférences n'était là que pour espionner et pour s'amuser. Catherine elle-même m'avouait que les banquets, les spectacles, les danses étaient d'excellentes occasions de se renseigner sur les intentions des différents membres du congrès. Certaines femmes poussaient, disait-elle, cet art de confesser leur voisin de souper ou leur cavalier au bal jusque sur l'oreiller. Sans se dévergonder à l'exemple de ces créatures, Catherine affirmait savoir charmer son entourage au point de pouvoir révéler à Alexandre des secrets arrachés à des Prussiens, à des Autrichiens, à des Anglais et même à des Français trop galants. Il l'en remerciait chaque fois en riant et l'assurait qu'elle lui était plus utile, à elle seule, que les sept membres de la délégation russe. Il l'appelait « mon Talleyrand en jupons ». Elle en était si flattée qu'elle me le répétait à satiété dans ses lettres. Elle me disait aussi qu'Alexandre, à Vienne, faisait la roue devant les jolies femmes, qu'il trompait gaillardement l'impératrice avec une telle ou une telle, mais qu'Elisabeth Alexeïevna elle-même, gagnée par la coquetterie ambiante, avait renoué des relations très tendres avec son ancien soupirant, le prince Adam Czartoryski.

L'apothéose de Catherine avait eu lieu le 24 novembre 1814, à l'occasion de sa fête patronymique. Deux empereurs, quatre rois et trente princes régnants y assistaient. Le tsar et la tsarine présidaient l'assemblée. Le souper était servi sur cinquante tables de six couverts chacune à la lueur d'une forêt de bougies. Catherine était si émue de cet hommage qu'elle me communiqua en détail le menu, résolument international : sterlets de la Volga, huîtres de Cancale et d'Ostende, truffes du Périgord, oranges de Palerme, ananas provenant des serres impériales de Moscou, que sais-je encore ? Tenue à l'écart de ces bombances, j'étais gênée par la futilité d'une société plus pressée de se divertir que de reconstruire l'Europe. Après le souper, il y avait eu un bal. On avait dansé et caqueté jusqu'à l'aube. Catherine parlait de cet événement comme du plus beau cadeau qu'elle eût reçu de sa vie.

En fait cependant, les pourparlers avançaient, mais pas dans le sens souhaité par Alexandre. Grâce aux manœuvres de Talleyrand, la Russie se trouvait isolée, face à l'Autriche et à l'Angleterre. On nous chicanait sur le sort futur de la Pologne, dont le tsar voulait faire un royaume soumis à son autorité. On débattait beaucoup aussi sur la nécessité d'écarter Napoléon des côtes méditerranéennes. Sa présence à proximité de la Corse était, disait-on, inquiétante pour les pays voisins. Catherine était de cet avis. D'après elle, plus Napoléon serait loin du théâtre de ses anciens exploits, moins il serait dangereux et plus tôt on l'oublierait.

Je la jugeais ridicule dans son acharnement à vouloir aggraver les conditions de captivité d'un homme qui s'était trompé, peut-être, mais dont l'intelligence et l'autorité avaient si longtemps émerveillé l'univers. Un autre passage de sa dernière lettre me troubla. Elle m'écrivait qu'on reparlait à l'envi, autour d'Alexandre, d'un possible mariage entre le duc de Berry et moi. Selon certains bruits, Louis XVIII acceptait l'idée de cette union, à condition que je me convertisse au catholicisme avant même mon entrée en France. Indignée, je me précipitai pour en discuter avec ma mère.

Elle me reçut dans son boudoir. Son air grave m'avertit qu'elle était déjà au courant de tout. Une lettre d'Alexandre venait, en effet, de lui apprendre la remise sur le tapis d'un projet que je croyais abandonné. Selon son habitude, elle me fit asseoir, me pria de me calmer et m'invita à boire quelques gorgées de thé bien chaud avant de passer aux « questions importantes ». Quand j'eus recouvré mes esprits, elle me confirma que c'étaient Nesselrode et Pozzo di Borgo, deux de nos représentants les plus éminents à Vienne, qui avaient entrepris Talleyrand à ce sujet. Tout cela n'était encore, affirmait-elle, que rumeurs de chancelleries. Alexandre se serait finalement résigné à une telle éventualité, mais il exigeait que mon changement de religion eût lieu après mon mariage avec le duc de Berry, alors que le roi de France insistait pour que ce fût avant. En entendant ces propos, j'éclatai de colère. Il me semblait qu'on voulait m'arracher à la terre russe, à nos églises, à nos prêtres, à nos fêtes liturgiques pour me jeter aux pieds d'un prince mécréant.

— Je n'ai aucune envie de changer de religion, que ce soit avant ou après mon mariage ! m'écriai-je.

— Vous ne vous parjureriez pas en vous convertissant puisque, dans les deux cas, vous resteriez chrétienne, me dit ma mère.

— Je veux garder la foi de mon enfance !

— Le roi Henri IV, qui était protestant, s'est fait baptiser catholique pour pouvoir monter sur le trône de France. Et tout le monde s'accorde à dire que ce fut un excellent souverain ! Seriez-vous plus scrupuleuse que lui ?

— Je n'ambitionne aucune situation élevée, aucun titre, aucune couronne !

— D'autres l'ambitionnent en votre nom.

— Est-il si important pour moi de devenir la femme d'un duc de Berry que je ne connais pas, qui ne m'a jamais vue ?...

— Que vous le vouliez ou non, l'intérêt de la Russie passera toujours avant le vôtre, ma chère Annette !

— Mais l'intérêt de la Russie, auquel moi aussi je suis attachée, risque de varier d'un jour à l'autre, mère !

— En effet. Demain, peut-être vous tiendrai-je un autre langage. Certes, ce prétendant nous convient à l'heure actuelle, mais son prestige est à la merci des circonstances !

— Je l'espère de toutes mes forces !

Elle me flatta la joue du revers de la main :

— Je l'espère comme vous. Ce mariage avec le duc de Berry, Alexandre y voit une carte à jouer, face à l'Autriche et à l'Angleterre. Sans plus !

Je respirai. Rien n'était résolu. Avec un peu de chance, j'échapperais à la France de Louis XVIII. Une fois de plus, j'admirai le sang-froid de ma mère dans les situations les plus délicates. A cinquante-cinq ans, elle était fraîche, robuste, dominatrice, mais avec un air aimable et je dirai presque appétissant. Mon frère Constantin la comparait à une pâtisserie allemande à peine sortie du four.

Brusquement, les sourcils de Marie Fedorovna se froncèrent. Oubliant le vouvoiement habituel, elle me dit :

— Viens, Annette !

Et, se levant, elle m'entraîna hors de la pièce. Nous passâmes dans sa chambre à coucher. Elle ouvrit un secrétaire, en tira une cassette en marqueterie et, soulevant le couvercle, me montra, sur un fond de velours bleu, une écharpe militaire à franges dorées.

— Qu'est-ce que c'est ? demandai-je.

— L'écharpe de commandement avec laquelle des officiers félons ont étranglé votre père ! répondit-elle, le regard soudain aiguisé. J'ai su le jour même qui étaient les coupables et qui avait laissé perpétrer l'assassinat. Et pourtant, j'ai feint de croire, comme toute la cour, comme tout le pays, que l'empereur Paul Ier était mort d'une attaque d'apoplexie. Si j'ai ravalé mon indignation, ma rancœur, c'est pour éviter un scandale aux marches du trône, une rupture dans l'ordre de la succession, une secousse qui eût pu se transformer en révolution de palais. J'ai oublié ma légitime fureur pour ne penser qu'à l'avenir de la

Russie. Chaque fois que je suis tentée de faire passer mon intérêt personnel avant celui du pays, je contemple cette écharpe, et la paix, la raison reviennent en moi. Il faut, Annette, que vous suiviez mon exemple. Aucun sacrifice ne coûte aux âmes qui sont éclairées par le devoir d'Etat. Vous êtes une de ces âmes. Quoi que la politique exige de vous, il vous incombe d'y obéir, comme j'ai obéi, moi, jadis, à la consigne de silence autour du meurtre de mon mari. Prenez cette écharpe. Elle est à vous. Dès que vous vous sentirez gagnée par quelque désir égoïste, par quelque velléité d'indépendance, regardez-la. Sa seule vue vous procurera la force de surmonter vos doutes.

Elle me tendit l'écharpe. Je la pris dans mes mains avec une appréhension dévotieuse. Il me semblait qu'à travers la bande d'étoffe qui avait étranglé mon père je participais à son épouvante au moment du dernier hoquet. Comme si, en mourant, il avait donné vie à cette simple pièce de tissu. Comme si quelque chose de sa souffrance, de sa folie était resté pris dans la trame. Inconsciemment je portai l'écharpe à mes lèvres. Un vague parfum de poussière, de moisi s'en dégageait. Mais, pour moi, elle « sentait » mon père. Je me revoyais assise à ses pieds et jouant avec des figurines de bois pendant que le coiffeur poudrait sa perruque. J'avais six ans. Les grandes personnes décidaient tout pour moi. Cela n'avait pas changé.

— C'est bien, me dit ma mère. Maintenant, je suis tranquille : vous ne vous rebellerez plus.

— Plus jamais ! balbutiai-je en baisant, une fois encore, ce vestige sacré.

Elle m'avait confisqué jadis la miniature de Napoléon ; elle me faisait cadeau aujourd'hui de l'écharpe qui avait coupé la respiration de mon père. Relique pour relique, je n'étais pas volée.

Je retournai dans ma chambre et cachai l'objet dans un tiroir de mon secrétaire. Bizarrement, j'évitai d'en parler à Nathalie. Elle était soucieuse. La date de ses noces était repoussée de semaine en semaine. Les parents de son promis, qui avaient commencé par être favorables au projet, s'y montraient à présent hostiles. Ils avaient en vue un parti plus avantageux pour leur fils. Saurait-il les convaincre ? Nathalie craignait qu'il n'en eût ni le courage ni l'habileté. Je me surpris à souhaiter que cette union n'eût pas lieu. N'ayant personnellement aucune perspective de bonheur dans le mariage, je souffrais secrètement à l'idée que ma confidente et amie fût mieux partagée que moi. Je me disais que, si elle me quittait pour épouser Cyrille Soudarski, je me retrouverais plus seule et plus vulnérable encore qu'auparavant. Ainsi, je m'apitoyais sur ses inquiétudes en priant à son insu pour qu'elles fussent justifiées, je la consolais en me félicitant de son désarroi. Notre soirée fut toute de soupirs, de larmes et de mutuelle compassion.

Au moment de me coucher, je glissai l'écharpe sous mon oreiller. Je dormis la tête appuyée sur ce souvenir de mon père, mis à mort par des brutes avec l'assentiment muet de mon frère. Mes rêves furent traversés de cris d'agonie. En m'éveillant, je me sentis comme endurcie, reforgée par le crime qui avait marqué mes premières années. La conscience d'appartenir à une famille digne de la tragédie antique me libérait de mes aspirations vers les félicités du commun des mortels. Tout à coup, j'étais prête à subir n'importe quel holocauste puisque c'était la loi de notre lignée. Le duc de Berry pouvait venir. Je lui ouvrirais ma porte.

Or, non seulement il ne vint pas, mais, à quelques jours de là, ma mère fut avisée par Alexandre que Louis XVIII, changeant son fusil d'épaule, renonçait à l'idée d'un mariage entre son neveu et moi. En révélant cette volte-face de son souverain, Talleyrand s'était bien gardé d'en préciser les motifs. Du coup, Alexandre, oubliant ses propres réticences, s'indignait maintenant de l'affront infligé, à travers moi, à toute la Russie. Comment un roitelet adipeux et essoufflé, installé sur le trône grâce aux efforts conjugués de la Russie et des puissances alliées, osait-il considérer que la propre sœur du tsar, une Romanoff, était de trop petite origine pour épouser un prince de la maison de France ? En me lisant la lettre de mon frère, ma mère ne cachait pas sa fureur contre les Bourbons. Toutes les deux phrases, elle s'écriait :

— Ces Français sont inconscients !... Leur orgueil les perdra !... Des coqs, des coqs de village qu'on devrait plumer jusqu'au dernier !...

Moi, je me délectais de la nouvelle. Soulagée d'un grand poids, je souriais béatement devant le vide, enfin retrouvé, de l'avenir. L'idée me visita que c'était la fameuse écharpe qui m'avait porté bonheur. Remarquant ma mine réjouie, ma mère me dit :

— Vous paraissez bien satisfaite !
— Je le suis, avouai-je.

Elle pinça les lèvres :

— Il n'y a pas de quoi ! Tôt ou tard, il faudra bien que nous vous trouvions un parti convenable.
— Je ne suis pas pressée.
— Nous si ! dit ma mère d'un ton abrupt.

Je me retirai en silence et courus apprendre à Nathalie que, Dieu merci, la menace d'un mariage avec le duc de Berry était définitivement écartée. Nous tombâmes dans les bras l'une de l'autre. Mais si je pleurais de joie, elle, c'était de tristesse. En effet, ses fiançailles étaient rompues. Les parents de son prétendant étant intervenus en haut lieu, Cyrille Soudarski avait été expédié à Odessa dans un bureau dépendant du ministère des Affaires étrangères. Et il avait accepté cet exil sans regimber. C'était donc qu'il n'aimait pas Nathalie autant qu'il le disait.

— Ah ! les parents, les parents ! se lamentait-elle. Quel mal ils peuvent nous faire en croyant agir pour notre bien !

J'abondai dans son sens. En fait, j'étais toute au bonheur d'avoir recouvré ma liberté de pensée. Ce qui se tramait à Vienne ne m'intéressait plus. Que la Russie absorbât la totalité de la Pologne ou consentît à se priver de la Posnanie et de la Galicie me laissait indifférente. J'en arrivais même à lire distraitement les lettres de Catherine. Elle se mouvait dans un autre monde que le mien. Je la plaignais de se divertir à des intrigues diplomatiques et sentimentales dont une grande-duchesse, veuve et mère de deux enfants, aurait dû se tenir éloignée. Comment avais-je pu l'admirer dans mon enfance, alors qu'elle n'était que bouillonnements, toquades et excès en tous genres ?

Je résolus de lui écrire longuement pour lui exprimer mon dédain de l'agitation mondaine où elle se complaisait. Mais j'étais devenue paresseuse et remettais constamment au lendemain cette nécessaire explication. Enfin, par un après-midi pluvieux de mars 1815, je me décidai. Peine perdue. Les mots ne venaient pas. Je regardais, à travers la vitre, les gouttes d'eau qui striaient, au loin, le paysage de brume, et une langueur agréable engourdissait ma tête. Tandis que je rêvais ainsi, la plume en suspens, Nathalie frappa à la porte de ma chambre et m'annonça la visite de ma mère.

— Sa Majesté impériale a l'air bouleversée ! chuchota-t-elle à mon oreille.

Elle n'eut pas le temps d'en dire plus. Déjà ma mère était devant moi, massive, une tache rouge sur chaque joue, les yeux étincelants de rage. Une respiration forte soulevait la masse de sa poitrine sous son corsage orné de petits rubans roses. Elle proféra d'une voix entrecoupée :

— Un courrier, expédié de Vienne, vient de me remettre une lettre d'Alexandre : Napoléon a quitté l'île d'Elbe ! Il a débarqué quelque part en France. Il marche sur Paris ! La guerre va reprendre !

A ces mots, elle me lança un regard courroucé, comme si j'étais responsable du nouveau malheur qui frappait la Russie. Muette de stupeur, je m'étais dressée d'un bond sur mes jambes. Elles étaient devenues si faibles que je dus m'appuyer à ma table pour rester debout. Une allégresse incompréhensible faisait battre mon cœur à coups précipités, à moins que ce ne fût la peur des lendemains que laissait augurer cette nouvelle. Dans le désordre de mes pensées, il me sembla que j'avais toujours cru au retour de Napoléon. Un homme tel que lui ne pouvait achever ses jours paisiblement dans une île. Même captif et désarmé, il était plus fort que tous les rois de la terre réunis pour l'abattre. Ah! qu'ils étaient grotesques soudain, ces pantins du Congrès de Vienne! Surpris au milieu de leurs palabres, de leurs bals et de leurs parades, ils tremblaient d'épouvante comme à l'apparition d'un revenant. Finie la fête!

— Implorons Dieu de nous venir en aide, me dit ma mère.

Nous nous agenouillâmes côte à côte, sur le coussin aux broderies d'argent disposé à cet effet devant l'icône du Sauveur, qui veillait dans un coin de ma chambre. Mais, tandis que mes lèvres murmuraient les paroles sacrées, je me demandai si ma mère et moi donnions le même sens à notre prière.

IX

Il avançait à pas de géant. Les villes s'ouvraient, fascinées à son approche, des foules enthousiastes l'acclamaient comme un libérateur, les régiments, envoyés pour lui barrer la route, refusaient de tirer, le maréchal Ney, après avoir promis de « ramener l'usurpateur dans une cage de fer », le rencontrait à Auxerre et se rangeait sous ses ordres... Ce n'était pas un coup de force, mais le retour d'un père parmi ses enfants. On n'avait jamais cessé de l'aimer. On se repentait de l'avoir trahi. On allait lui obéir avec plus de ferveur encore qu'avant son exil ! A mesure que se confirmait la victoire pacifique de Napoléon dans son propre pays, l'étonnement, à Saint-Pétersbourg, se muait en colère. J'avais conscience d'être la seule, en Russie, à oser saluer, dans mon cœur, cette reconquête de la France par les Français. Lorsque ma mère m'apprit, d'après une lettre d'Alexandre, que Louis XVIII venait de déguerpir précipitamment pour se réfugier à Gand et que Napoléon avait fait sa rentrée dans Paris en liesse, je ne pus contenir ma joie.

— Quel exploit ! m'écriai-je.

— Oui, dit ma mère. Mais il n'ira pas loin. Les alliés se préparent à lui faire payer cher son audace !

Catherine m'avait écrit de son côté que, depuis l'annonce du débarquement de Napoléon à Golfe-Juan, la fête, à Vienne, était terminée. Plus de bals, plus de banquets, plus de spectacles. Les salons étaient déserts, les lustres éteints, les musiciens et les belles espionnes désœuvrées pliaient bagage. En hâte les représentants des huit puissances achevaient leurs travaux en proclamant la guerre à outrance contre l'ennemi du genre humain. Ma mère était ravie de l'entente renouvelée entre les souverains légitimes contre le perturbateur de l'ordre européen.

— Et la Russie va participer à la campagne ? demandai-je.

— Bien sûr ! dit-elle. Mais il y a un hic : nos troupes ayant évacué la France l'année dernière, il faudra les rassembler et les ramener à marche forcée vers le Rhin. Cela prendra du temps.

— Ainsi, les soldats russes verseront leur sang, une fois de plus, pour la cause des Bourbons ?

— Pour la cause de la monarchie héréditaire dans tous les pays civilisés ! répliqua-t-elle brièvement.

— Louis XVIII a bien de la chance de compter tant d'amis dans le monde !

— Ce n'est pas lui qui a des amis, c'est le principe qu'il représente. Louis XVIII incarne la continuité.

— Et Napoléon ?

— L'aventure.

Nous en restâmes là. Visiblement, ma mère était mécontente de l'intérêt que je paraissais prendre aux succès de Napoléon. Mais elle n'en était pas moins agacée qu'Alexandre engageât son armée dans une expédition destinée à rétablir sur son trône un roi dont nous avions eu à nous plaindre. Quant à moi, j'étais repartie la tête la première dans mon rêve. J'imaginais que Napoléon, enfin réinstallé aux Tuileries, divorçait d'avec l'ingrate Marie-Louise et revenait, par la pensée, à la grande-duchesse Anna Pavlovna de Russie, laquelle, du moins, ne l'avait pas abandonné. J'avais beau me dire qu'en retrouvant la charge écrasante du pouvoir il devait avoir des affaires plus urgentes à régler, je ne pouvais m'empêcher de croire que je veillais, discrètement, dans un coin de son cerveau. Une mystérieuse transmission spirituelle nous reliait, moi debout devant la psyché, dans ma chambre du palais d'Hiver, et lui marchant de long en large dans son cabinet de travail, à Paris. En me contemplant dans la glace, j'avais l'impression qu'il me voyait en toilette de nuit et les cheveux dénoués. Un frisson descendait entre mes épaules.

J'allai chercher l'écharpe de commandement et me la nouai autour des reins. Comme toujours, elle m'apporta un étrange réconfort. Je me rappelai que, selon les récits de ma mère, mon père, Paul Ier, après avoir vilipendé le général Bonaparte, avait reconnu son génie et souhaité son succès dans une France encore ébranlée par les suites de la révolution. Sur un coup de tête, il avait même chassé de Mitau les Bourbons à qui il avait jadis donné asile et s'était rapproché de la France du Directoire. J'en conclus qu'il aurait approuvé mon engouement pour Napoléon. Il me revint aussi que j'avais entendu parler des sautes d'humeur de Paul Ier, de son caractère fantasque, de sa déraison. N'avais-je pas hérité plus ou moins de cette folie, moi qui me découvrais éprise d'un nom, d'une gravure, d'un fantôme ? Je n'aurais jamais supposé qu'un homme que je ne connaissais que par ouï-dire pût à ce point obséder ma mémoire. Je savais qu'il ne se souciait guère de mon existence, qu'il était exécré par ma famille, par mon pays, que je ne le rencontrerais sans doute jamais, et cependant, à toute heure du jour, en tout lieu, en toute circonstance, je sentais sa présence derrière mon dos. Il m'arrivait pendant une conversation avec Nathalie, avec ma mère, ou alors que je donnais des ordres à un domestique, de suspendre ma parole comme si quelqu'un venait d'entrer dans la pièce. Et c'était lui. Enfin ! Puis je m'éveillais, tout étourdie, de ce mirage et retournais aux gestes et aux discours habituels de mon état.

Au loin, cependant, les combats reprenaient avec une rage meurtrière. Toute la meute des ennemis de Napoléon s'assemblait pour lui faire rendre gorge. Il en triompha à Ligny mais, déjà, selon quelques stratèges bien informés, son armée, composée de vétérans à bout de souffle et de jeunes recrues inexpérimentées, n'avait plus le même ressort qu'autrefois. Certains prétendaient, avec un sourire en coin, que ses plus sûrs maréchaux avaient cessé de le croire invincible. Et soudain, ce fut l'annonce de la défaite du « grand homme de guerre » devant Blücher et Wellington, à Waterloo. Toute la Russie pavoisa et je dus moi aussi, à cette occasion, feindre une allégresse de revanche. En réalité, ce succès national me laissait un arrière-goût amer. La seule chose qui atténuait mon dépit, c'était le fait que les unités russes étaient arrivées trop tard sur le terrain pour participer à l'affaire.

Dès qu'elle reçut confirmation de la victoire des alliés, ma mère me fit appeler auprès d'elle. Il me sembla qu'elle avait pris de l'embonpoint en quelques heures. Plus rebondie, plus rayonnante, plus reluisante que jamais, elle trônait dans sa robe vert émeraude aux volants superposés. Une joie militaire suintait par tous les pores de sa peau. Elle s'écria :

— Cette fois, le monstre est à genoux ! Dieu a choisi son camp ! Et l'artisan de ce triomphe des forces du Bien sur les forces du Mal n'est autre que mon fils, votre frère ! Je suis fière de lui !

— Moi aussi, mère, dis-je prudemment. Mais Napoléon peut encore se ressaisir...

— Trop tard ! Même en France, personne ne veut plus de lui ! D'après mes renseignements, son abdication n'est plus qu'une question de jours !

Je reçus le coup en pleine poitrine, mais dissimulai mon désarroi et priai ma mère de m'appeler dès qu'un courrier lui apporterait d'autres nouvelles de France.

— Vous m'avez l'air plus intéressée par ce qui se passe là-bas qu'ici ! dit-elle avec ironie.

— Là-bas, ici, c'est la même chose, bredouillai-je en retenant mes larmes.

— Pas tout à fait ! Là-bas, c'est le châtiment. Ici, c'est la bénédiction. Soit, allez... Je vous tiendrai au courant.

Je n'eus pas longtemps à attendre. D'un

jour à l'autre, les événements les plus extraordinaires secouaient le monde. Napoléon abdiquait pour la seconde fois, Paris s'ouvrait aux Prussiens, Louis XVIII retrouvait son trône et Alexandre, radieux, se réinstallait au palais de l'Elysée. Selon Catherine, qui m'écrivait de son côté, notre frère avait beaucoup changé, ces derniers temps. Blasé par les fastes de Vienne, il s'adonnait davantage encore au mysticisme, sous l'influence d'une certaine baronne Julie de Krüdener, une prophétesse bavarde, d'origine balte, qui se prétendait inspirée par le Très-Haut. Après avoir défait les Français, Alexandre s'était mis en tête, depuis peu, de les sauver du chaos. Oubliant sa répugnance envers les Bourbons, il ne manquait pas une occasion de défendre les intérêts des vaincus, face aux alliés qui se méfiaient du roi et de ses conseillers. N'allait-il pas, à présent qu'il s'était réconcilié avec Louis XVIII, revenir à l'idée de sceller l'entente franco-russe par un mariage dont je ferais les frais ? Tandis que la menace du duc de Berry se profilait de nouveau, pour moi, à l'horizon, Napoléon perdait ses derniers amis. Lâché par tous, livré aux Anglais, il était embarqué sur un navire britannique et expédié aux antipodes, dans une île dont personne n'avait jamais entendu parler : Sainte-Hélène.

J'accueillis l'annonce de son départ avec autant de douleur que si cette « séparation » allait bouleverser mon existence. Pourtant, il ne serait pas davantage absent de ma vie lorsqu'il se morfondrait là-bas que lorsqu'il résidait à Paris ou qu'il commandait à ses généraux sur les champs de bataille. Inaccessible hier, il l'était tout autant aujourd'hui. Simplement, il avait troqué la pourpre du vainqueur contre la bure du mendiant. Au vrai, par une étrangeté de mon caractère, il me semblait que je l'aimais encore mieux dans la déconfiture que dans le triomphe. Son malheur le rapprochait de moi. Je me figurais qu'il avait besoin de ma fidélité pour survivre. Mon cœur débordait de compassion pour cet homme vieillissant et déchu, qui avait connu toutes les gloires et qui devait maintenant se contenter de leur souvenir. Je le voyais, debout à la proue du bateau qui l'emportait vers l'exil, le front fouetté par les embruns, le regard perdu dans le moutonnement des vagues et l'esprit livré aux pires poisons de la mémoire. Comment mon frère, si généreux dans ses méditations politiques et religieuses, avait-il pu consentir à humilier ainsi un adversaire que, naguère encore, il admirait tout en le combattant ?

Une autre pensée me tenaillait : pourvu que, dans son obsession de régler à coups de décrets le sort de sa famille et de la planète, Alexandre ne s'avisât pas de me trouver vite, vite, un mari parmi les princes incolores qui pullulaient en Europe. Chaque jour, je tremblais d'apprendre que, les chancelleries s'évertuant autour de ma modeste personne, il y avait de nouveau anguille sous roche.

A quelque temps de là, ma mère eut l'idée d'organiser un spectacle pour célébrer la victoire des alliés. Dans le décor en carton d'un temple trônerait un buste de l'empereur Alexandre Ier. Il serait entouré d'un essaim de jeunes filles proches de la cour, dont chacune incarnerait une nation d'Europe. Elles danseraient et chanteraient en chœur sur une musique de caractère patriotique, puis s'avanceraient l'une après l'autre pour déposer des fleurs devant l'effigie du tsar. On tira au sort entre ces demoiselles afin de savoir qui serait l'Angleterre, qui serait la Prusse, qui serait la Russie, qui serait l'Autriche, qui serait l'Italie, etc. Personne ne voulait être la France. Ma mère, qui présidait à la distribution des rôles, feignait d'être affectée par cet ostracisme. Elle répétait :

— Voyons, voyons, un bon mouvement !... J'ai besoin d'une volontaire !...

Sans hésiter, je me portai en avant :

— Moi, Votre Majesté !

Elle m'enveloppa d'un regard moqueur et dit :

— Je vous reconnais bien là, Annette, mais sachez que ce n'est pas la France de Napoléon que vous représenterez, c'est celle de Louis XVIII !

— Il faut se méfier des apparences, Votre Majesté, répondis-je en détournant les yeux.

J'eus peur d'un éclat. Mais il n'en fut rien. La répartition des emplois étant terminée, les répétitions commencèrent dès le lendemain, sous la direction de M. Armand Lucullus, maître à danser attaché à la Cour. Ce vieil émigré français, à la tête de pivert et aux gestes gracieux, apporta un grand soin à régler nos révérences et nos déplacements. Il prenait chaque jeune fille à part et esquissait, avec une élégance sénile, les mouvements qu'il souhaitait lui voir accomplir. D'après la mise en scène qu'il avait imaginée, je devais, moi, la France, intervenir en dernier et couronner de lauriers celui qui m'avait rendue à mes rois. Nathalie, elle, avait accepté, bon gré mal gré, d'être la Pologne, autre nation peu recommandable. Nous étions toutes deux les Cendrillons de la compagnie. Il nous fallut aussi apprendre une longue chanson en l'honneur du tsar. Le maître de chapelle de l'église du palais nous fit la leçon. Il avait lui-même composé la musique. Mais les paroles étaient en français, afin que le public, parmi lequel il y aurait beaucoup d'ambassadeurs, pût les comprendre. Quant aux costumes, ils furent exécutés par des couturières selon les dessins de M. Armand Lucullus : des robes blanches imitant les drapés antiques, avec à la taille une ceinture aux couleurs différentes pour chaque pays.

Quand je parus pour la première fois à la répétition, dans ma tunique liliale aux larges plis, M. Armand Lucullus s'approcha de moi, l'œil humide, et chuchota :

— Merci, Votre Altesse impériale, d'avoir accepté...

— Je n'y ai aucun mérite.

— Si ! la France est tellement déconsidérée !... On parle de nous comme d'une nation de girouettes... Grâce à vous, ma patrie sera la reine de la fête !

Après la répétition, il m'entraîna dans un coin de la salle et demanda encore :

— Est-il vrai, comme le disent certaines de ces demoiselles, que vous êtes bonapartiste ?

Je niai violemment. Il sourit :

— Ne vous fâchez pas, Votre Altesse impériale, moi-même, qui suis un émigré de 91 et qui ai applaudi au retour des Bourbons, je garde une certaine gratitude à Napoléon. Certes, il nous a fait beaucoup de mal, mais, à cause de lui, pendant un temps, la gloire de la France a ébloui le monde. Je lui pardonne le sang versé en considération du panache retrouvé. Que voulez-vous, je suis un saltimbanque. J'aime l'éclat, la démesure, la fanfare... Après son départ pour l'exil, tout est redevenu petit et gris dans le pays de mes ancêtres. Il était, il est encore un mirage, un mirage impossible à oublier !

— Vous avez raison, murmurai-je, la gorge serrée.

Il me semblait que cet homme, qui me connaissait à peine, m'avait comprise mieux que quiconque.

Le spectacle était prévu pour un soir du mois d'août, à Peterhof. Une des salles du grand château avait été aménagée en théâtre. Sous la double présidence de ma mère et de l'impératrice Elisabeth, un public nombreux de dignitaires, de diplomates, de généraux et de femmes de la meilleure société, superbement parées et endiamantées, attendait le lever du rideau. Je tremblais de crainte, parmi mes compagnes, dans les coulisses. N'allais-je pas faire un faux pas, lancer un couac, perdre un soulier pendant nos évolutions ? Nathalie me serrait nerveusement la main :

— Vous verrez, Votre Altesse impériale, tout se passera bien !...

Le brouhaha des voix, derrière le rideau rouge, s'amplifiait. L'impatience de cette foule élégante achevait de me couper les jambes. Pour me donner du courage, j'avais noué, sous ma robe de vestale, l'écharpe fétiche. M. Armand Lucullus, nous ayant toutes passées en revue, frappa enfin les trois coups.

La lumière des quinquets éclairant la scène m'éblouit et, aussitôt, mes appréhensions s'envolèrent. J'étais subitement devenue une autre. Le monde qui m'entourait était aussi irréel et absurde que certains de mes songes. Je n'aurais pas été surprise que Napoléon fût dans la salle.

Chants et danses se déroulèrent sans incidents, salués par des applaudissements courtois. Puis commença le défilé des hommages fleuris. Une à une, les « vierges » s'avançaient, d'un pas lent, en musique, vers le temple, et M. Armand Lucullus annonçait :

— La Russie... L'Autriche... La Prusse... La Suède...

A chaque nom de pays, les invités battaient des mains à l'unisson. Cependant, la Pologne, personnifiée par Nathalie, ne recueillit qu'une maigre rumeur d'approbation. Je devais clore la marche. Quand vint mon tour, je me dirigeai, les genoux faibles, vers le buste de mon frère.

M. Armand Lucullus clama d'une voix vibrante :

— La France !

La salle se mura dans le silence. L'effigie en marbre blanc d'Alexandre me considérait de ses yeux aveugles. Je me sentais mollir, de la tête aux pieds, sous ce regard de pierre. C'était bien lui, avec son visage plein, ses favoris bouclés, son menton à fossette, mais désincarné, solennisé, prêt pour les commentaires des générations à venir. En me rapprochant à pas comptés de la sculpture, je me disais que l'homme qu'on allait honorer aujourd'hui s'était fort bien accommodé du meurtre de mon père pour monter sur le trône et qu'il avait sacrifié des milliers de soldats pour le plaisir de se poser en vainqueur de Napoléon. Une colère sourde me prit soudain contre lui, comme si, en faisant tout cela, il n'avait eu d'autre intention que de me nuire. Bien que personne n'en sût rien, c'était moi sa principale victime. Et je devais le couvrir de lauriers. La notion d'un mensonge éhonté me transperça, tandis que, d'un geste élégant, je déposais sur le front de la statue la couronne de la victoire. Des applaudissements retentirent dans la salle. Au même moment, le buste d'Alexandre me parut vaciller sur son socle, les colonnes du temple se gondolèrent et un voile blanc passa devant mes yeux. J'eus conscience que je tombais au milieu d'un tumulte de cauchemar. Le plancher de la scène était doux comme un lit de plumes. Je percevais confusément une agitation et des cris autour de mon repos. Quelqu'un s'exclama :

— La France s'est trouvée mal !

Quand je revins à moi, j'étais allongée sur un canapé, dans un coin des coulisses, et ma mère me bassinait les tempes avec un linge imbibé d'eau de Cologne. Elle murmura :

— Grâce au ciel, vous reprenez vie !... Vous êtes trop fragile pour ces sortes d'émotions !...

J'aurais dû me méfier... Mais peu importe : le spectacle a remporté un grand succès auprès de nos hôtes étrangers... L'ambassadeur de Suède m'a même dit : « Son Altesse impériale, la grande-duchesse Anna Pavlovna, était la plus séduisante de toutes... » Vous voyez, vous pouvez être contente... Allons, secouez-vous, Annette !... On va vous reconduire dans vos appartements... La fête continuera sans vous...

Je la remerciai de sa robuste sollicitude et m'excusai d'avoir involontairement perturbé la soirée. Nathalie, aidée d'une servante, me reconduisit jusqu'à ma chambre à travers d'interminables galeries de marbres, de glaces et de lustres. Une fois dans mon lit, je me mis à grelotter. Malgré la chaleur de la nuit d'été, je claquais des dents. Une sueur froide coulait dans mon cou. Nathalie me tenait la main :

— Je me suis couverte de ridicule ! dis-je. M'évanouir ainsi, devant tous ces gens... Quelle honte !...

Tandis que Nathalie cherchait à me consoler, ma mère entra. Deux valets la précédaient, candélabre au poing. Ayant posé les luminaires sur un guéridon, ils se retirèrent, et Nathalie, obéissant à un signe de Sa Majesté, fit de même. Je voulus me lever, mais ma mère m'enjoignit de rester couchée. Debout devant mon lit, elle me clouait du regard sur mon oreiller. Elle portait encore sa robe de gala violette aux plis soyeux, et un diadème couronnait ses cheveux ondulés, piqués çà et là d'épingles aux têtes de brillants minuscules. La flamme des bougies éclairait par en bas son gros menton romain et sa bouche goulue. Elle m'écrasait de sa bonne santé triomphante.

— Vous allez mieux ? me demanda-t-elle d'un ton sec.

— Beaucoup mieux.

— Je puis donc vous parler sérieusement ?

— Bien sûr, Votre Majesté.

— Quelle a été la raison de votre défaillance ?

— Je l'ignore, balbutiai-je.

— Etes-vous indisposée ?

— Non.

— Avez-vous été impressionnée par la présence d'un large public ?

— Oui, sans doute...

— Ou sont-ce vos obsessions françaises qui vous ont brouillé le cerveau ?

Un flot de sang me monta aux joues.

— Je ne sais ce que Votre Majesté entend par là ! bredouillai-je.

— Je vous observe depuis quelque temps, Annette, reprit-elle. Sans que vous m'ayez jamais rien dit, j'ai deviné l'étrange galopade de vos sentiments. Vous êtes en plein délire. Il y a certaines idées aberrantes qu'il faut extirper de votre tête. Vous avez vingt ans, que diable ! L'enfance est terminée. Oubliez l'île Sainte-Hélène et son captif encombrant. Revenez parmi nous. Je vous le demande. Et, au besoin, je vous l'ordonne !

Elle avait un visage de général devant le front des troupes. J'étais sommée de rentrer dans le rang. Epuisée, désorientée, je renonçai à toute idée personnelle. Mais que resterait-il de moi, si on m'ôtait mon rêve ?

— Soit, dis-je. J'essaierai de me montrer encore plus docile. Mais ne me demandez pas d'être satisfaite de mon sort.

— De quoi vous plaignez-vous ? grondat-elle subitement. N'avez-vous pas tout ce que vous désirez : le rang, la santé, la fortune, le respect, l'affection de vos proches ?

— Si, mère, balbutiai-je. Vous avez raison. Je suis ingrate envers Dieu qui m'a presque tout accordé.

— Pourquoi « presque » ? Que signifie cette restriction ?

— C'est mon secret, dis-je dans un souffle. Permettez-moi de le garder quelque temps encore !

Elle haussa les épaules :

— Vous êtes une tête de linotte !

J'attendis son baiser du soir. Elle ne me le donna pas, et, empoignant un des candélabres, sortit entourée par l'épais bruissement de ses jupes.

X

Mes jeunes frères Nicolas et Michel, qui avaient rejoint Alexandre à Paris, m'écrivaient régulièrement pour me dépeindre les délices de l'occupation étrangère en France. Ils me racontaient les égards dont ils étaient l'objet de la part de la population « délivrée du joug de Napoléon », leur visite aux Invalides où de vieux grognards acceptaient, les larmes aux yeux, leurs souhaits de guérison, et la gigantesque parade des armées russes dans la plaine de Vertus. Ce jour-là, Nicolas avait commandé une brigade de grenadiers et Michel une unité d'artillerie. Ils en étaient fiers comme d'un exploit militaire sous la mitraille. Le tsar, entouré de tout son état-major, faisait admirer la discipline de ses troupes à un aréopage composé de l'empereur François d'Autriche, du roi de Prusse, de

Wellington et d'innombrables maréchaux, généraux et princes. L'inévitable baronne de Krüdener, assise dans une calèche de la cour attelée à la daumont, assistait au défilé. Mais, d'après Nicolas, le tsar commençait à se lasser des vaticinations de cette visionnaire. Il n'avait plus besoin de personne pour inventer une religion à sa mesure. Son idée majeure, à présent, était d'instituer entre les grandes puissances, Russie, Prusse, Autriche, une sorte de fraternité internationale, inspirée des commandements de l'Evangile, et destinée à garantir la paix en Europe : la Sainte-Alliance. Une fois le pacte signé, non sans réticences du côté de ses partenaires, il se préoccupa de modérer les appétits des alliés face à la France à peine convalescente. Puis, quittant Paris, il se précipita en Prusse. Là, ayant eu son content d'acclamations, il présida aux fiançailles de notre frère Nicolas avec la princesse Charlotte.

Il avait eu une chance inespérée, mon petit Nicolas ! La princesse Charlotte était, paraît-il, charmante. Elle lui plaisait et il lui plaisait. Toutefois, selon le vœu des familles, le mariage n'aurait lieu que dans deux ans, lorsque Nicolas aurait atteint sa majorité. D'ici là, il devrait patienter, étudier, voyager... N'était-il pas miraculeux qu'un membre de la famille impériale se félicitât de l'union qu'on lui réservait pour obéir à des considérations politiques ? Je ne pouvais espérer une telle aubaine. Pour moi, les dés ne tomberaient jamais du bon côté. D'ailleurs, j'en avais pris mon parti.

J'écrivis à Alexandre pour lui dire combien je me réjouissais du bonheur de Nicolas. J'en profitai pour lui conseiller de rentrer au plus vite en Russie, où le peuple, d'après les rumeurs qui circulaient au palais, s'inquiétait de sa longue absence. Le tsar ne tint aucun compte de mes avertissements. Il voulait, disait-il, régler quelques différends extérieurs avant de « regagner ses pénates ». Etant devenu roi de Pologne, il se devait de faire une apparition à Varsovie. Il s'y rendit en effet, dansa avec les Polonaises de la meilleure société, octroya au pays une charte constitutionnelle dont la Russie se fût bien contentée, et se dépêcha de choisir un vice-roi qui le représenterait sur place. Tout le monde était sûr que cette dignité échoirait au prince Adam Czartoryski, ami intime de la famille impériale, mais Alexandre, qui avait toujours aimé déconcerter le public par ses décisions, désigna pour le poste un brave général unijambiste, Zaïonczeck, qui avait commandé les troupes polonaises sous Napoléon. Voulait-il marquer par ce geste qu'il pardonnait à la Pologne d'avoir participé à l'invasion de la Russie avec la Grande Armée ? En somme, il trouvait des excuses à tout le monde, sauf à l'empereur des Français.

Je n'osais lui demander par lettre s'il avait des nouvelles de l'illustre captif de Sainte-Hélène. Ma mère non plus n'était guère disposée à me renseigner. Quant à Catherine, elle eût mangé du Napoléon tout cru à chaque repas. Ce fut Nathalie qui, une fois encore, grâce à ses relations avec les services de son oncle, le chancelier Roumiantseff, me communiqua quelques informations de seconde main. Elle disait que Napoléon, qui venait de débarquer dans son île, était correctement traité par ses geôliers anglais, mais qu'il n'avait d'autres compagnons que quelques généraux fidèles et leurs épouses, et qu'il trompait son ennui en lisant, en se promenant sous un ciel torride et en ressassant les souvenirs de ses triomphes. Ces rares détails me suffisaient pour mesurer la souffrance d'un homme hors du commun, qui avait possédé la moitié du monde et qui en était réduit aujourd'hui à la solitude, au silence et à l'humiliation. Sans doute eût-il préféré la mort à cette existence de reclus. Sa femme, l'indigne Marie-Louise, au lieu de le rejoindre, se gobergeait à Vienne et laissait élever son fils, le roi de Rome, à la mode autrichienne. La France avait trahi son empereur. Il ne vivait plus que pour sa légende.

Cependant, à force de penser à lui, je finissais par croire que ses ennemis les plus acharnés reconnaîtraient, tôt ou tard, qu'il n'avait pas mérité un aussi rigoureux châtiment. Peut-être, un jour, obtiendrait-il un revirement de l'opinion en sa faveur ? Alexandre, qui s'était montré si bien disposé envers l'entourage du proscrit, était tout désigné pour suggérer aux alliés un adoucissement de sa peine, ou même la possibilité d'un retour raisonnable et discret dans sa patrie. Cette idée me tint éveillée pendant des nuits entières. Je résolus d'en parler à mon frère dès qu'il serait revenu à Saint-Pétersbourg.

Il ne reparut parmi nous qu'au mois de décembre 1815. Je le jugeai fatigué et morose, le regard fuyant. Il refusa toutes les fêtes prévues en son honneur. Cependant, ma mère réunit la famille pour un souper de retrouvailles et de louanges, au cours duquel un poète, déniché par Catherine, lut un hymne de plus à la gloire du « tsar blanc » et de « l'invincible Russie ». A l'issue du repas, je pris Alexandre à part et osai le prier de m'accorder une audience particulière. Il me répondit que lui aussi tenait à avoir avec moi une conversation au sujet de mon avenir et qu'il me recevrait le lendemain matin, à onze heures.

Levée à l'aube, je ruminai ce que j'allais lui dire pour le convaincre. Quand je fus devant lui, dans son cabinet de travail, où dominaient les tentures vertes, l'acajou et le bronze, ma tête se vida. Il y avait une telle solennité sur son visage et une telle ordonnance parmi les objets de son bureau que j'eus l'impression de tout déranger par ma seule intrusion dans la pièce. Je savais qu'il était méticuleux, soucieux de propreté et de symétrie, et que, si son encrier ou son poudrier à sécher l'encre avaient été déplacés d'une ligne par un domestique, il en concevait de l'humeur pour la journée. Son regard froid et direct me glaçait.

N'étais-je pas de nouveau en présence du buste en marbre de la fête patriotique avec mission de le couronner de lauriers ?

Je commençai par l'interroger sur son séjour à Paris. Il me répondit brièvement qu'il avait beaucoup travaillé à réorganiser l'Europe et à garantir le maintien d'une paix juste dans les années à venir. Sa première fierté était, disait-il, d'y avoir réussi, avec l'aide de Dieu. En prononçant cette phrase, il leva les yeux au plafond. Il avait, à ce moment-là, une tête de prédicateur inspiré qui contrastait avec son uniforme strict et ses décorations. Après l'avoir félicité pour l'initiative de la Sainte-Alliance, je glissai vers le sujet qui me tenait à cœur : puisque tout danger de guerre semblait désormais écarté, était-il nécessaire de maintenir Napoléon prisonnier dans son île ? A ces mots, la figure d'Alexandre se figea dans une expression d'hostilité obtuse :

— Ne vous inquiétez pas, Annette, prononça-t-il froidement : Napoléon est bien traité. Il a une existence très supportable dans son exil. J'ai régulièrement de ses nouvelles par nos amis anglais. D'autre part, s'il revenait en France, ou dans un pays voisin, cela créerait de telles perturbations en Europe qu'il faut l'éviter coûte que coûte. Cela dit, ma chère sœur, notre mère vénérée m'a tenu au courant de vos dernières extravagances et elles me laissent perplexe. Que signifie votre conduite inconsidérée en public, votre évanouissement et toutes ces billevesées ? Vous êtes la proie d'un mirage et ces aberrations successives risquent de vous conduire à la folie. Qu'une jeune fille de la bourgeoisie provinciale s'abandonne à des rêves de grandeur, ce serait à la rigueur compréhensible, mais vous n'avez pas le droit, compte tenu de votre haute naissance, de vous abaisser à ces divagations et à ces singeries ! Revenez sur terre ! Oubliez Napoléon, lequel, permettez-moi de vous le dire, n'a jamais pensé à vous que comme à une carte parmi d'autres dans le jeu de sa politique. Croyez-moi, tout ce qui pouvait être fait pour adoucir le sort de ce souverain déchu, je l'ai fait et je suis prêt à conserver avec lui une attitude de fermeté bienveillante. Mais, si vous persistez dans vos simagrées, je serai forcé de changer de manière. On ne frappe pas un ennemi à terre, certes, mais il est souvent dangereux de l'aider à se relever !

— En somme, vous m'offrez un marché,

Sire ! dis-je, effrontément : l'oubli de mes songes contre la tranquillité de celui qui les a inspirés !

— Vous mettez de l'exagération et du pathos en tout, au risque de transformer votre propre vie en enfer. Soyez plus simple. Acceptez d'être une grande-duchesse de Russie, dont le rôle est d'aider, dans la mesure de ses moyens, à la félicité et au rayonnement de sa patrie !

Tout en parlant, il s'était remis à sourire. Cela le rajeunissait et me troublait. Qui était-il au juste ? Mon adversaire ou mon ami, ou mon frère ?

— Vous êtes adorable, reprit-il. Vous n'écoutez que votre cœur ! Une telle spontanéité est précieuse dans cette époque de fer ! J'envie l'homme qui vous épousera !

— Cela ne se fera pas avant longtemps ! balbutiai-je.

Son sourire s'accentua. Il appuya son menton sur ses deux mains croisées en berceau et planta dans mes yeux un regard insidieux et narquois :

— Détrompez-vous, Annette. Je voudrais vous entretenir d'un projet que notre mère et moi envisageons pour vous.

Quelque chose se décrocha dans ma poitrine. Du bout des lèvres, je balbutiai :

— Pas encore, Sire...
— Vous ne savez même pas ce que je vais vous proposer !
— Si ! le duc de Berry ?
— Non : le prince Guillaume d'Orange.

Suffoquée par la soudaineté de la révélation, je restai sans voix, tandis que mon frère poursuivait, imperturbable.

— C'est un homme de vingt-quatre ans, d'un abord fort plaisant, qui a combattu vaillamment dans les rangs de l'armée anglaise sous les ordres de Wellington et a été blessé à l'épaule à Waterloo. Tôt ou tard, il succédera à son père sur le trône des Pays-Bas. En raison de l'importance stratégique de ce royaume, il me paraît nécessaire de renforcer les liens entre nos deux Etats. Notre mère est tout à fait acquise à cette idée. Et moi, je compte sur vous pour y obéir de bonne grâce.

Les chancelleries ont d'ailleurs déjà élaboré les clauses du contrat.

— Mais, dis-je, je ne connais pas ce prince !

— Vous serez heureusement surprise : croyez-moi, ce n'est pas un sacrifice que je vous demande, c'est un bonheur que je vous prépare.

Prise de court, je ne sus que proférer dans un souffle :

— Est-ce vraiment décidé ?

— Le prince Guillaume d'Orange arrivera à Saint-Pétersbourg la semaine prochaine.

Un cri d'effroi s'échappa de mes lèvres :

— Déjà ?

— Il faut battre le fer pendant qu'il est chaud ! Vous savez que votre sœur Catherine a fini par convaincre notre mère de lui laisser épouser le prince Guillaume de Wurtemberg. Les deux mariages pourront donc se faire très rapidement, l'un après l'autre. Nous avons posé comme condition que vous garderiez la religion orthodoxe. Seule concession de notre part : vos enfants seront baptisés selon le rite de l'Eglise réformée hollandaise...

Je n'écoutais plus. Un torrent m'emportait. Une fois de plus, tout avait été fixé à mon insu : le choix de mon mari, la religion de mes enfants... On disposait de moi comme d'une jument poulinière dans un haras. Je n'étais sur terre que pour faciliter des alliances et procréer des princes. Mon impuissance à lutter contre la raison d'Etat me soulevait le cœur. Et, pour comble de dérision, l'époux qu'on me destinait avait combattu Napoléon dans l'armée britannique. Quels que fussent les mérites de cet homme, je ne pourrais jamais le lui pardonner. Pourtant c'était peut-être quelqu'un de très estimable ! Peu importe : je n'en voulais pas ! Tandis que je me perdais au milieu de ces contradictions, Alexandre m'observait en silence avec une tranquille ironie.

— Nous nous sommes tout dit, je pense, prononça-t-il enfin d'une voix suave. Préparez-vous à votre nouvelle vie, Annette. Et que Dieu vous assiste !

Je sortis de son bureau comme une somnambule. En moins d'une heure, mon destin avait changé de direction. Je rêvais du fantôme malchanceux de l'île Sainte-Hélène ; on m'offrait à la place un prince, en chair et en os, originaire des Pays-Bas.

Encore tout étourdie, je rapportai à Nathalie la conversation que je venais d'avoir avec mon frère. Elle me félicita en m'assurant que Guillaume d'Orange était réputé pour sa belle prestance et la distinction de sa conduite. Cloîtrée dans mon obsession, je l'écoutais à peine. M'eût-on menacée de l'échafaud que je n'aurais pas été plus malheureuse. Ma seule consolation était de me remémorer les paroles conciliantes d'Alexandre au sujet du sort futur de Napoléon.

Or, quelques jours plus tard, il publia un manifeste virulent, dans lequel, après avoir remercié ses sujets pour leur patriotisme, il dénonçait Paris comme étant la capitale du vice et de la corruption, et qualifiait l'ex-empereur des Français de roturier et de bandit. Les termes de cette proclamation sont encore gravés dans ma mémoire : « Le tribunal des hommes ne peut prononcer une peine assez forte pour un tel criminel. N'ayant pas été suffisamment puni par une main mortelle, il se présentera, tout inondé du sang des peuples, devant le tribunal terrible, à la face de Dieu, lorsque chacun reçoit la rétribution de ses actes. » J'étais atterrée. A quel moment Alexandre était-il sincère ? Quand il se répandait, devant moi, en propos amènes sur la fin de Napoléon, ou quand il l'insultait, face à l'opinion publique, avec la fureur aveugle d'un exorciste ? Tant d'hypocrisie, chez un être courtois et religieux, me stupéfiait. Décidément, mon frère avait un double visage. Désormais, tout ce qui viendrait de lui me serait suspect. J'en arrivais à regretter de ne pas m'être révoltée, quand il m'avait parlé des qualités de Guillaume d'Orange. Au vrai, j'étais ficelée des pieds à la tête. Un colis prêt pour l'expédition au-delà des frontières. A la seule pensée de rencontrer l'étranger qui, un jour, me tiendrait dans ses bras, ma chair se hérissait d'horreur.

Je refusai de dîner en famille, prétextant une migraine, me retirai très tôt dans ma chambre et renvoyai Nathalie. Restée seule, j'ouvris sur ma table un vieil atlas, aux cartes joliment coloriées. Un signet de soie rouge marquait la page de l'Afrique. En plein océan Atlantique, j'avais localisé un point à peine visible : l'île Sainte-Hélène. Je regardai cette tache minuscule dans tout le bleu des flots et des larmes mouillèrent mes yeux. Mais je ne savais au juste sur quoi je pleurais : sur la déchéance de Napoléon, sur la faillite de mon rêve, sur l'absurde tradition qui m'obligeait à lier ma vie à celle d'un homme que je n'avais pas élu dans mon cœur et qui ne m'aimerait peut-être jamais. Le petit point noir sur la carte se brouillait, dansait. De rudes sanglots crevaient dans ma poitrine. Je croyais dire adieu à quelqu'un de très cher. Je ne me doutais pas que je disais adieu à mon enfance.

XI

Dès le premier regard, je fus à la fois déroutée et rassurée : cet homme debout, là, devant moi n'était pas déplaisant. Grand, élancé, le visage étroit, encadré de favoris frisés, la nuque raide, l'œil rieur, il me fit l'effet d'avoir en lui beaucoup de légèreté et de bonhomie. Tout ce qu'il voyait et entendait autour de nous, dans cette cour somptueuse et compassée, paraissait le divertir. Il parlait parfaitement le français, ce qui me le rendit doublement aimable. Assise à côté de lui, lors du souper de présentation, je pus apprécier sa courtoisie. Interrogé par quelqu'un, d'un bout à l'autre de la table, sur les combats auxquels il avait participé, il répondit si évasivement que mon frère Constantin intervint, avec sa brusquerie habituelle, pour énumérer les brillants états de service de mon prétendant. En entendant vanter sa bravoure, il s'écria qu'il n'avait fait que son devoir de soldat et que les émotions qu'il vivait aujourd'hui avaient effacé tout cela de sa mémoire. Une telle modestie recueillit les applaudissements de l'assistance et, je ne sais pourquoi, je fus très touchée de sa réponse, tandis que les regards des invités allaient de lui à moi avec sympathie. Le repas se déroulait avec une lenteur sacramentelle. Un laquais en livrée rouge, à brandebourgs or, se tenait derrière chaque convive. J'avais en face de moi ma sœur Catherine, avec son fiancé, le prince de Wurtemberg. Un homme si laid et si peu avenant que je n'en aurais pas voulu pour valet. Mais elle semblait enchantée de son sort et jacassait comme une pie. A tout propos, elle inclinait la tête vers son futur avec un sourire enjôleur. Elle avait toujours aimé chatouiller la vanité masculine par des mines gracieuses qui n'engageaient à rien. Je jugeais étrange qu'étant mon aînée de sept ans elle s'apprêtât à se remarier en même temps que je me mariais moi-même. Son air de ravissement et sa coquetterie créaient entre nous une sorte d'émulation dans le bonheur dont j'étais à la fois amusée et gênée. D'ailleurs, tout le monde affichait son contentement dans la famille et parmi les ambassadeurs présents. On eût dit que ma prochaine union avec Guillaume d'Orange comblait les vœux de la terre entière. Ma mère me couvait des yeux avec fierté, Alexandre ne manquait pas une occasion de me sourire, l'impératrice Elisabeth, si belle et si discrète, considérait notre couple avec tendresse ; quant à mes frères, Nicolas et Michel, ils m'avaient glissé à l'oreille, juste avant de passer à table, que le prince Guillaume d'Orange, avec qui ils s'étaient entretenus le matin même, était un brillant cavalier et un gai luron. Bref, je me voyais approuvée et enviée par tant de gens que j'en venais à croire que j'étais, moi aussi, satisfaite de la tournure que prenaient les événements. En tout cas, j'avais incontestablement plus de chance avec mon élégant Guillaume d'Orange que Catherine avec son affreux prince de Wurtemberg, et cela me flattait.

Les danses succédèrent au souper. Alexandre ouvrit le bal dès les premières mesures d'une « polonaise ». L'empereur donnait la main à ma sœur Catherine, l'impératrice Elisabeth au doyen du corps diplomatique. A cette élégante promenade en musique succédèrent des airs plus entraînants. Je fis quelques tours de valse avec mon prétendant qui ne cessait de sourire. Nous nous tenions à distance l'un de l'autre, bras étendus, mais les yeux dans les yeux. Il était très alerte, malgré sa blessure à l'épaule. Et je goûtais un certain plaisir à me laisser emporter par lui au son de l'orchestre. Puis nous allâmes nous asseoir à l'écart, loin des regards curieux. Tout à coup, je ne savais plus que lui dire. Etait-ce le vif mouvement de la danse ? Je n'arrivais pas à retrouver ma respiration. Comme le silence se prolongeait entre nous, je m'enhardis à lui demander ce qu'il pensait de Saint-Pétersbourg. Bien qu'il n'eût fait encore qu'entrevoir notre capitale, il se répandit en compliments hyperboliques sur la beauté de la ville, la gentillesse de ses habitants et le courage de la Russie dans la récente guerre contre la France. Piquée au jeu, je lançai dans la conversation le nom de Napoléon. Comment le jugeait-il, lui qui avait été parmi ses adversaires ? Il devint grave :

— Ce fut un grand capitaine, dit-il. Et, s'il a conduit son pays au désastre par excès d'ambition, il ne l'en a pas moins doté d'institutions et de lois remarquables.

J'aurais beaucoup pardonné au prince Guillaume d'Orange pour ces seules paroles.

— Oui, murmurai-je. Il paie très cher aujourd'hui ses audaces d'hier...

Son regard s'affûta. Il me perçait à jour. Soudain il prononça à mi-voix :

— Je crois qu'il a souhaité vous épouser, autrefois...

Décidément, tout se savait d'une cour à l'autre.

— En effet, balbutiai-je. Il en a été question...
— Et vous avez refusé ?
— Pas moi. Mon frère, ma mère...
— C'est le triste apanage de tous les membres des familles souveraines, soupira-t-il. Les alliances politiques passent avant les alliances du sentiment. Moi, vous ne l'ignorez pas, j'ai failli me marier, par ordre, avec la princesse Charlotte, fille du prince régent d'Angleterre. Elle s'est révoltée et a provoqué un tel scandale que le projet est tombé à l'eau, fort heureusement.

— Pourquoi fort heureusement ?

— Parce que, dans le cas contraire, je n'aurais pas eu la chance de me préparer à être votre époux !

A cet instant, je me dis qu'il me trouvait peut-être jolie et que j'avais tort de me guinder devant tant de délicatesse et d'insistance. De nouveau, il m'invita à danser. C'était un quadrille. Les couples, en nombre pair, s'étant placés vis-à-vis les uns des autres, les figures rituelles commencèrent. La gaieté de la musique allumait tous les regards. Pendant le galop final, une mèche de mes cheveux se détacha de ma coiffure et vint battre ma tempe.

— Vous êtes ravissante ainsi ! dit-il.

Mais je remarquai que, tout en me tenant par la main et en m'adressant de temps en temps un sourire, il regardait à la dérobée d'autres femmes. Cela me déplut. Comme s'il m'appartenait déjà. Comme si j'étais en droit d'être jalouse, moi qui ne l'aimais pas et le connaissais à peine.

Nathalie assistait à la fête. En me raccompagnant dans ma chambre, elle me demanda :

— Alors, Votre Altesse impériale, comment le trouvez-vous ?

— Il est fort sympathique, dis-je. Mais je crains qu'il ne soit quelque peu écervelé !

Ce soir-là, je me couchai sans trop savoir de quelle couleur étaient mes pensées.

Les jours suivants, le tourbillon s'accentua. Noël, Nouvel An, tout était prétexte à banquets, à spectacles, à cérémonies religieuses et à bals. Malgré mon désir de me replier sur moi-même, il m'était impossible de réfléchir à autre chose qu'à la façon dont je me coifferais et m'habillerais pour telle ou telle occasion. En moins d'une semaine, Guillaume d'Orange était devenu la coqueluche de la cour. Nicolas, Michel, Constantin ne juraient que par lui. Il s'était même fait un ami de l'ombrageux prince de Wurtemberg, le fiancé de Catherine.

Toute la famille devait assister, le 6 janvier, jour de l'Epiphanie, à la bénédiction traditionnelle des eaux de la Néva. Il faisait gris et froid. Dès l'aube, j'avais entendu, à travers les doubles fenêtres, le bruit des racloirs de fer que des ouvriers maniaient dans les rues pour repousser la neige. Le fleuve était entièrement gelé. Une tribune couverte avait été dressée sur le quai. Nous y prîmes place, emmitouflés jusqu'aux yeux, parmi une nombreuse assemblée de dignitaires, de généraux et de diplomates en uniforme. Au milieu du champ blanc de la Néva, un trou carré avait été découpé dans la glace. Le clergé, en chasubles dorées, entourait cette ouverture qui révélait entre ses bords une onde noire et rapide. Un évêque célébrait la messe en plein air. Le chœur chantait, et on voyait, même de loin, la vapeur s'échapper des bouches. Enfin, ce fut l'immersion de la croix. Alors toutes les cloches de la ville se déchaînèrent. Les canons de la forteresse Pierre-et-Paul donnèrent de la voix. La foule, massée sur les berges, se signa. Et la procession des prêtres et des diacres, avec ses bannières et ses icônes, quitta lentement les lieux pour retourner à l'église. J'aimais beaucoup cette cérémonie mi-religieuse mi-païenne, destinée à prévenir les colères de la Néva. Debout à côté de moi, le prince Guillaume d'Orange avait l'air, lui aussi, très impressionné. Il répétait à tout propos :

— Incroyable ! Magnifique !

Et j'étais heureuse de lui présenter *ma* Russie sous le meilleur jour.

Une collation chaude nous attendait au palais. J'étais saisie de froid jusqu'aux os et gaie comme après une séance de patinage. En me retrouvant près de lui à table, le prince me dit :

— Quel étrange pays ! Quelles mystérieuses coutumes ! Suis-je encore en Europe ?

Et il ajouta, en se penchant à mon oreille :

— Quand je vous emmènerai après notre bénédiction à l'église, ce sera pour moi comme si j'emportais un morceau de votre Russie immense, pieuse et fantasque, dans mes sages et minuscules Pays-Bas !

Cette allusion à une inévitable séparation avec ma patrie me serra le cœur. Le regard affectueux de mon voisin me réconcilia avec l'idée de l'exil. Certes, j'aurais préféré que mon mariage me conduisît en France. Mais, puisque ce rêve s'était évanoui, je m'efforçai de penser que la Hollande me serait, à sa façon, bénéfique.

Six jours plus tard, Catherine épousa le prince Guillaume de Wurtemberg. Mon tour approchait. Les soucis de la toilette et des préséances m'empêchaient de mesurer l'importance sentimentale de l'événement. A mesure que le temps passait, le prince Guillaume d'Orange se montrait plus attentionné et plus empressé. Il m'apportait des livres sur l'histoire de son pays, il me parlait de ses parents, le roi Guillaume Ier et la reine Frédérique Louise Wilhelmine, tout en déplorant qu'ils n'eussent pu assister à notre union, il me racontait ses souvenirs d'enfance, comme s'il eût voulu me consoler de quitter une existence si heureuse pour une autre qui risquait de l'être moins.

Ce fut dans une sorte d'hébétude que je vécus nos fiançailles, célébrées le 9 février 1816 en la chapelle du palais d'Hiver. Le métropolite Ambroise passa une bague en or au doigt de Guillaume et une bague en argent au mien. Au contact de cet anneau symbolique, je me sentis définitivement enchaînée. Une pensée sacrilège me traversa : j'évoquai mon premier fiancé, Napoléon, qui dépérissait dans son île. Certes, aucune cérémonie religieuse n'avait consacré notre mutuelle promesse. Mais il en restait dans mon cœur une nostalgie dont je me demandais si je guérirais un jour. Les flammes des cierges se divisaient en mille étincelles devant mes yeux embués. A l'issue de l'office, Guillaume me déposa un baiser sur le front et sur les deux joues. Je l'embrassai à mon tour. Je me rappelle qu'à cet instant précis je m'interrogeai sur ce que j'éprouvais à son égard : estime, amitié, tendresse naissante ? Mieux valait laisser la question sans réponse. L'Eglise avait parlé. Je n'avais plus qu'à me taire. Aux prières et aux gestes rituels succéda le long et lent défilé des congratulations. Sous tous ces regards conjugués je changeais de peau. J'étais sur une scène. Je jouais un rôle. Et j'avais hâte de redevenir moi-même. Mais qui étais-je au juste ? N'avais-je pas perdu mon identité en acceptant cette bague ?

La veille du mariage, ma mère me convoqua dans son petit salon intime pour m'initier à mes devoirs d'épouse. Après un discours confus sur la divine signification du sacrement nuptial, elle conclut par cette phrase sibylline :

— Votre mari aura tous les droits sur vous. Acceptez donc les exigences de sa chair, mais imposez-lui celles de votre âme.

Je ne pus lui tirer un mot de plus sur le sujet. Ce fut Nathalie qui me renseigna à sa façon. Bien que n'ayant pas plus d'expérience que moi en la matière, elle prétendait « tout savoir » par ouï-dire. Poétique par tempérament, elle cherchait des comparaisons dans la vie des fleurs et des insectes. Cela ne m'éclairait qu'imparfaitement sur la nature de l'exercice amoureux auquel j'étais destinée. En vérité, je redoutais moins la nuit de noces que le sort qui m'attendait ensuite, dans un pays étranger, parmi une famille peut-être hostile, auprès d'un homme dont je ne connaissais presque rien et qui allait disposer de moi selon son caprice.

Je dormis si mal, cette nuit-là, qu'au moment de me rendre à l'église je crus que mes genoux allaient se dérober sous moi.

Cependant, tout se déroula selon les règles. Nicolas et Michel tinrent à bout de bras les deux couronnes nuptiales au-dessus de la tête des fiancés. Le prêtre parla dans sa barbe, le chœur chanta, nous échangeâmes nos anneaux, nous nous embrassâmes chastement, nous bûmes, à tour de rôle, une gorgée de vin bénit dans la même coupe, nous fîmes trois fois le tour de l'autel et je me retrouvai mariée à jamais, sous les yeux de tous les saints de l'iconostase qui fixaient sur moi leurs regards d'éternelle tristesse.

Cependant il fallait encore que le mariage orthodoxe fût doublé d'un mariage protestant. Cette dernière cérémonie, très simple, presque sévère, eut lieu dans mes appartements personnels, au château de Pavlovsk. Peu de gens y assistaient, hormis ma famille et la suite hollandaise du prince. Il y avait un tel contraste entre la pompe de notre vieille liturgie russe et la calme raison des rites de l'Eglise réformée que j'eus la sensation de quitter un monde de chaleur, de mystère, de complicité quasi enfantine, pour entrer dans une chambre froide aux murs nus. Le pasteur parla longtemps. Je ne retins rien de son discours, car je pensais avec angoisse à la nuit qui m'attendait seule à seul avec un homme qui avait sans doute une certaine pratique de la chose alors que je n'en avais aucune.

Le lendemain matin au réveil, je n'avais plus peur de mon mari ni de moi-même.

Et les fêtes reprirent. J'avais une telle répugnance à quitter ma patrie, et Guillaume se divertissait si visiblement aux bals, aux réceptions, aux soupers et aux mascarades de la cour que nous restâmes à Saint-Pétersbourg quelques mois encore. Entre-temps, Nathalie avait épousé un barbon riche et titré, le comte Masloviedski, que lui avaient choisi ses parents. Elle aussi acceptait son destin avec philosophie. Elle me dit même, en confidence : « Tout ce que je souhaite, c'est qu'il puisse encore, à son âge, me faire des enfants ! » J'étais sûre qu'à cet égard, et à bien d'autres, j'aurais plus de chance qu'elle. Peu après son mariage, elle quitta mon service. Je ne la revis plus. Je commençai par regretter douloureusement son absence. Puis je m'y habituai. Tout entière aux obligations et aux joies de l'heure, j'avais oublié aussi Napoléon. L'île Sainte-Hélène avait disparu de la carte de mes songes. Elle était remplacée par celle d'un pays aux contours mous, comprenant la Hollande et la Belgique, réunies depuis le Congrès de Vienne sous le sceptre de mon beau-père Guillaume Ier. Allais-je me plaire au milieu de cette nation composite, au passé incertain et dont les mœurs, les traditions m'étaient inconnues ? Mon seul recours contre le dépaysement serait mon mari. Quelle responsabilité pour lui ! Quel danger pour moi ! De semaine en semaine, j'inventais de nouveaux prétextes pour ne pas plier bagage. Cependant, loin de nous, mes beaux-parents s'impatientaient et nous écrivaient pour nous presser de venir à La Haye où le peuple nous attendait, disaient-ils, avec beaucoup de ferveur. J'employai mes derniers jours en Russie à exécuter la copie d'un tableau de Raphaël, représentant la sainte famille. J'avais pris autrefois des leçons de peinture et me piquais d'une certaine aisance dans cette discipline. Le résultat me parut digne de mes efforts et je fis don de la toile à l'Académie impériale des Beaux-Arts comme cadeau de séparation d'avec la terre de mes ancêtres.

Au mois de juin enfin, nous nous décidâmes. Mes adieux à ma famille furent sobres et dignes. Ma mère me rappela que, même à l'étranger, je ne devais jamais oublier que j'étais une grande-duchesse de Russie ; Alexandre me confia la tâche délicate d'incarner, « par ma grâce, mon intelligence et mon habileté », la bonne entente entre nos deux Etats et de combattre, autant que possible, l'influence prussienne aux Pays-Bas ; Nicolas et Michel promirent de me rendre visite pour reparler de notre Triopathie d'autrefois. En les quittant, j'avais le cœur gros et les yeux baignés de larmes. Guillaume me consola par de douces paroles dans la berline qui nous emportait à travers cette mélancolique campagne russe que je craignais de voir pour la dernière fois. Notre suite, avec notamment mon chapelain orthodoxe et mon ancienne gouvernante, la bonne Mlle de Sybourg, s'était répartie dans d'autres voitures. Il y en avait dix-huit en tout. Pour les traîner, cent cinquante chevaux avaient été commandés aux différents relais. Nous n'eûmes jamais à attendre pour les changements d'attelage.

XII

Mes beaux-parents étaient si pressés de nous voir qu'ils vinrent à Berlin, au-devant de notre couple. L'accueil fut tel que je l'avais espéré, chaleureux et calme. Mon beau-père, le roi Guillaume Ier, m'apparut comme un homme droit, autoritaire, réservé, avec des manières d'un autre siècle ; ma belle-mère, la reine Wilhelmine, se montra en revanche rayonnante de simplicité. Sa gaieté, son naturel, sa gentillesse me séduisirent dès le premier abord. Nous restâmes en Allemagne jusqu'au 22 août, puis mon mari et moi entreprîmes un voyage triomphal à travers la Hollande. Dans chaque ville, dans chaque village, c'étaient les mêmes sourires et les mêmes acclamations. A Alphen-sur-le-Rhin, le peuple détela notre voiture et la tira à bras d'hommes dans les rues. J'étais, je l'avoue, un peu effrayée par ces débordements. La Haye se surpassa dans la splendeur des fêtes de bienvenue. Nous n'y restâmes qu'un mois, car on nous attendait à Bruxelles, l'autre métropole politique et administrative du pays. Là aussi, je fus submergée par les réceptions, les discours, les poèmes et les chants en mon honneur.

Pourtant, à la cour, personne, me semblait-il, n'était impressionné par ma qualité de descendante d'une illustre famille impériale. A croire que, pour tous ces gens, la dynastie des Orange-Nassau valait celle des Romanoff. Je n'en fus pas choquée. Il me plaisait qu'on m'aimât pour moi-même et non pour mon origine. Afin de prouver ma bonne volonté de future souveraine j'appris la langue néerlandaise avec un professeur-courtisan, Arie Van der Spuy, et me fis expliquer par mon mari les principaux problèmes de cet Etat tout neuf. Réunie artificiellement à la Hollande, en 1815, au Congrès de Vienne, la Belgique supportait de plus en plus mal cet arrimage contre nature. Le roi avait beau prendre des mesures libérales et chercher à redresser l'économie, les Belges catholiques ne se sentaient aucune affinité avec les Hollandais calvinistes, et la bourgeoisie francisée s'opposait à l'usage du néerlandais comme langue officielle. Le prince Guillaume se faisait fort d'apaiser cette querelle quand il succéderait à son père sur le trône des Pays-Bas.

En attendant, je manifestais ouvertement ma préférence pour Bruxelles, ville joyeuse et ouverte, par rapport à La Haye, où j'estimais que la rigueur puritaine avait étouffé toute spontanéité. Cette prédilection n'était pas du goût de mon beau-père, lequel avait un faible pour la Hollande germanisée. Afin de tenir la balance égale entre ces deux civilisations, ces deux cultures, ces deux religions, la Cour passait une année pleine à Bruxelles et l'année suivante à La Haye. Je m'habituai assez vite à ces continuels changements de décor et d'entourage. Cependant, je fus heureuse que mon premier enfant, prénommé Guillaume (Willem) comme son père, vît le jour, le 19 février 1817, à Bruxelles. Pour le deuxième, dont la naissance était prévue au mois d'août 1818, mon beau-père me demanda de ménager la susceptibilité des Hollandais en acceptant de faire mes couches à La Haye. Je refusai catégoriquement. Il en fut vexé. Mais mon mari me félicita de ma fermeté de caractère. D'ailleurs, le roi ne me tint pas longtemps rigueur de mon obstination et, après la venue au monde de mon Alexandre, m'offrit, comme cadeau de relevailles, la maison où avait habité Pierre le Grand, à Zaandam. Je l'en remerciai en lui promettant qu'un jour ou l'autre je mettrais au monde un enfant en territoire hollandais. Je tins parole.

Au vrai, j'étais à la fois très fière de ces maternités répétées et un peu lasse de n'être plus bonne qu'à procréer. Ma mère et mon frère le tsar Alexandre Ier vinrent me rendre visite en novembre de la même année. Mais leur présence, loin de me ragaillardir, me fit regretter davantage encore mes années de Russie. Il m'arrivait de regarder le ciel pardessus les toits de Bruxelles ou de La Haye et de déplorer qu'il fût vide de tout mystère. Je souffrais de ne plus voir, se détachant dans la pure lumière du jour, les bulbes dorés de nos églises orthodoxes. En général, depuis que je m'étais mariée, il me semblait avoir perdu la faculté de rêver. Mes illusions d'autrefois me manquaient, bien que j'en eusse, depuis longtemps, reconnu la puérilité. J'entendais, de temps à autre, des échos de la captivité de

Napoléon à Sainte-Hélène. Le climat de l'île était, affirmait-on, détestable. L'inaction torturait le captif autant que le regret. Il dépérissait à vue d'œil. Mais même ceux qui rapportaient ces détails ne songeaient pas à plaindre l'exilé. Pour tous, il expiait un crime démesuré et sans excuse.

Renonçant à protester, je laissais dire. Après tout, cette vieille histoire ne me concernait plus. Seuls comptaient mon mari, mes enfants, les difficultés où se débattait ma nouvelle patrie, les disputes du prince Guillaume avec son père. Celui-ci, despotique et entêté, traitait volontiers son fils d'incapable. Et il est exact que mon époux, sous des dehors charmants, était léger, volage et souvent trop libéral à mon gré. Mais, dans ses affrontements avec le roi, je lui donnais raison parce qu'il était la jeunesse, l'amour, l'avenir... Et puis, j'étais, pour la troisième fois, enceinte. Le 13 juin 1820, encore un fils : Henri ! Toute ma belle-famille chantait mes louanges. N'était-ce pas dans mes entrailles que s'élaborait la descendance de la monarchie ? Je finissais par croire que j'étais le personnage le plus important du royaume. Je prenais de l'assurance, je donnais mon avis sur toutes les questions de politique ou de protocole, je me montrais, superbement vêtue et diadème en tête, dans les cérémonies officielles. Ma chance me paraissait insolente, quand je comparais mon sort à celui de ma sœur Catherine qui était morte, l'année précédente, alors que son mari venait d'accéder au trône de Wurtemberg. De toutes mes forces, de toute ma foi, j'espérais pouvoir vivre jusqu'au moment où mes enfants, devenus grands, n'auraient plus besoin de ma sollicitude et où le prince héritier Guillaume, enfin couronné sous le nom de Guillaume II, m'associerait à la conduite des affaires publiques. En vérité, alors même que je formais ces projets raisonnables, je sentais qu'ils ne remplaceraient jamais dans ma cervelle mes rêves insensés d'autrefois.

Mes beaux-parents et mon époux faisaient des efforts louables pour donner à Bruxelles et à La Haye des fêtes dignes des somptueuses réceptions de Saint-Pétersbourg. Je me souviens, entre autres, d'un bal travesti, à Bruxelles, au mois de juin 1821. Par chance, je n'étais pas enceinte. La taille souple, le teint clair, je me préparais, dans la fièvre, à éblouir mes futurs sujets par l'élégance de ma toilette.

Ma première idée avait été de m'habiller en impératrice Joséphine, avec une robe blanche de style antique, à la taille haute et au décolleté carré. Il me paraissait piquant de jouer à être l'épouse de Napoléon, l'espace d'une soirée. Mais Guillaume me le déconseilla. Il craignait que cette allusion au règne de l'empereur déchu ne fût interprétée par les invités comme une insolence à leur égard. Pour éviter tout malentendu, je consentis donc à me costumer en reine Christine de Suède. Mon mari devait être un seigneur du temps de François Ier, et mes beaux-parents un couple à la cour de Louis XIV.

Plus de deux mille cinq cents personnes étaient conviées dans l'immense salle du Wauxhall, au Parc. Le plancher, dégarni de ses fauteuils, appartenait aux danseurs. Un buffet monstre offrait à l'assistance viandes, vins, pâtés et sucreries. Les invités venaient s'y désaltérer et s'y restaurer entre deux ritournelles. Seuls les valets n'étaient pas déguisés. Certaines femmes arboraient un masque de velours noir et de dentelle pour ajouter au mystère. Les spectateurs de la plus haute qualité étaient assis dans les loges. Un orchestre bruyant accompagnait les évolutions des quadrilles. Bien que je fusse accoutumée à la splendeur des bals de Saint-Pétersbourg, celui-ci m'éblouit par la variété des tenues et l'entrain des participants. Tous les siècles, toutes les nations se pavanaient devant moi aux sons de la musique. Un sultan turc donnait la main à une marquise Louis XV, un bandit espagnol à une reine d'Egypte. La famille royale dominait, du haut de sa loge, cette cohue bariolée et virevoltante.

Tard dans la soirée, à la demande de mon mari, l'orchestre attaqua une mazurka, danse nouvelle, polonaise et russe, qui surprit tout le monde. Je l'exécutai avec le prince Guillaume et l'assistance fit cercle autour de nous pour nous admirer. A la fin du morceau, les invités applaudirent. Je regagnai la loge royale, le cœur bondissant et des ailes aux talons. Mon mari me dit, en m'aidant à me rasseoir dans mon fauteuil :

— Mes braves compatriotes en auront pour des semaines à commenter la leçon de grâce que vous leur avez donnée !

Je m'attendais à des compliments de la part du roi et de la reine, mais ils s'entretenaient à voix basse avec le secrétaire particulier de Sa Majesté et ne parurent même pas remarquer notre retour. Le visage de mon beau-père était empreint d'une gravité officielle. Ma belle-mère, tête basse, se contentait de soupirer de temps à autre, de toute sa généreuse poitrine. Quand le secrétaire se fut retiré, Guillaume demanda :

— Que se passe-t-il, Sire ?

La musique avait repris, fracassante, sautillante. Le roi releva le front, esquissa un sourire désabusé et dit :

— Je viens d'apprendre que Napoléon est mort, le 5 mai dernier, à Sainte-Hélène.

Le sang reflua dans ma tête. Je me laissai aller sur le dossier de mon fauteuil. La salle aux mille couleurs ondoyait en contrebas. Sous mes yeux, la fête s'était transformée en enterrement. Tous ces gens aux accoutrements baroques dansaient sur un cadavre. Je ne pouvais le supporter. Mon mari me parlait à l'oreille et je ne l'entendais pas, je répondais de travers. Il me proposa de retourner dans la salle. Je prétextai une soudaine fatigue pour refuser. Je n'aurais eu ni le cœur, ni la force de tournoyer aux sons allègres d'une valse. Il me regarda longuement, pesamment et dit :

— Je comprends, Annette.

Mais qu'avait-il compris au juste : que je mesurais l'importance politique de cette disparition ? que je pleurais mes illusions de jeune fille ? qu'il me déplaisait de feindre la gaieté un jour de deuil ? En quelques secondes, un fantôme était devenu son rival. Enfin le roi et la reine se retirèrent. Guillaume et moi pûmes partir à leur suite.

De retour au palais, il ne fit aucune allusion à l'événement. Sans doute avait-il deviné que, dans l'état où j'étais, toute parole eût été blessante. Cette nuit-là, il me laissa seule dans ma chambre. Je lui sus gré de sa discrétion.

Peut-on se sentir veuve d'un homme qui n'a jamais été votre mari et se consoler du peu qu'on a eu de lui en se rappelant tout ce qu'on a failli avoir ? Dès l'aube, après des heures de cauchemar, de supputations, de larmes et de colère, je fus délivrée du mal mystérieux qui me rongeait depuis des années. Dans la dure lumière du jour, mes hallucinations s'évanouissaient d'elles-mêmes. Je me disais que j'étais épouse, mère, princesse, et que ce triple rôle devait suffire à combler mes aspirations. Je convenais que jusqu'à cet instant je m'étais comportée en dilettante et que maintenant j'avais, pour ainsi dire, un « métier ». Le métier de future souveraine, dont j'apprenais les subtilités aux côtés de mon mari. La nation sur laquelle je régnerais un jour avait des droits sur moi. Il m'incombait de me montrer digne, dès à présent, de sa confiance et de son affection. En égrenant ces sages pensées dans ma tête, j'avais l'impression de fortifier ma colonne vertébrale. Je me redressais. J'allais de l'avant.

Quand je revis Guillaume, lors du déjeuner matinal que nous avions coutume de prendre ensemble, j'étais redevenue sa femme. Il me dit :

— Un courrier est arrivé de Paris. Il confirme la nouvelle. Napoléon a été enterré à Sainte-Hélène.

— Il méritait mieux, murmurai-je, entre deux gorgées de thé.

— Oui, concéda-t-il. Quelle fin misérable après tant de fanfares !

— Les règnes de pénombre réservent moins de surprises lors du déclin des intéressés.

— Est-ce pour notre famille que vous parlez ? demanda-t-il en souriant.

— Non, répondis-je. Mais je crois que les grandes réussites engendrent toujours de grandes catastrophes. Dieu aime le juste milieu. Les têtes qui dépassent risquent d'être les premières rabattues.

— Je vous croyais plus exaltée !

— Je l'étais.

Il me baisa la main :

— Surtout ne changez pas !

Ce propos galant me poursuivit tout au long de la journée. La nuit même je pus me convaincre qu'il était sincère.

*

* *

Le temps ne m'apporta que des bonheurs et des malheurs ordinaires. L'année qui suivit la disparition de Napoléon, j'eus un autre fils, Casimir, qui mourut à l'âge de quelques mois. Je voulais une fille : je fus exaucée, puisque j'accouchai bientôt d'une solide petite Sophie. Après mon rétablissement, je fis un voyage en Russie pour revoir mon pays natal et mes proches ; puis, en 1825, ce fut la mort de l'empereur Alexandre Ier et la terrible révolte des décembristes, écrasée par le nouveau tsar, mon jeune frère Nicolas Ier. Ces secousses répétées ne me laissaient rien augurer de bon pour mon ancienne patrie. J'avais beau correspondre régulièrement avec ma famille russe, je devinais que nos préoccupations divergeaient sur les sujets essentiels. En apprenant, en novembre 1828, le décès de ma mère, l'impératrice Marie Fedorovna, il me sembla que mes liens avec la Russie se relâchaient définitivement. Je partais à la dérive. Je ne me sentais ni de là-bas ni d'ici.

Ma main se crispe sur la plume d'oie. Le papier blanc me fascine. Surtout, il ne faut pas pleurer. Je n'en ai plus le droit.

Et voici la Belgique qui s'agite et réclame l'indépendance. Tous les pays d'Europe sont saisis d'une frénésie révolutionnaire. Si Napoléon était encore de ce monde, il ne tolérerait pas de tels désordres. Les hommes d'un modèle courant s'inclinent devant ce qu'ils considèrent comme la fatalité. Lui, il a toujours su commander aux événements et aux foules.

Pourquoi faut-il que je repense à lui, alors que je croyais m'en être depuis longtemps guérie ? Quel sortilège mêle ce revenant à mon destin actuel, si différent de celui que j'avais tour à tour redouté et espéré jadis ? Je ne veux pas jouer le rôle ridicule de l'épouse du prince Guillaume d'Orange jugeant la fiancée de Napoléon. Je refuse d'être une « matriochka » russe, une de ces poupées gigognes de bois colorié qui se déboîtent l'une de l'autre, la plus volumineuse cachant sa réplique secrète en plus petit. Ai-je eu plusieurs existences contradictoires ? Suis-je une femme double ? Mais toutes les femmes ne le sont-elles pas, plus ou moins, selon les fluctuations du cœur et les atteintes de l'âge ?

J'ignore ce que me réserve l'avenir, mais je sais que, quoi qu'il arrive, je resterai fidèle à ma mission de princesse et d'épouse. Mon vœu le plus cher est de régner un jour, avec

Guillaume, sur ces Pays-Bas qui sont tombés inopinément dans ma corbeille de mariage.

Je trace ces lignes au soir du 18 janvier 1830[1], après avoir fêté mon trente-cinquième anniversaire, joyeusement et pompeusement, en famille. A cette occasion, j'ai eu droit à beaucoup de compliments et de cadeaux. Certes, j'ai été très gâtée de tout temps et par tous : mes tiroirs regorgent de bagues, de pendentifs, de diadèmes... Mais mon bien le plus précieux, c'est encore ce modeste cahier, relié en maroquin rouge, que j'ai reçu pour mes quinze ans et dans lequel j'ai décidé, à partir d'aujourd'hui, de ne plus rien écrire. J'y ai relaté, tant bien que mal, les bouleversements des premiers temps de ma vie. En remuant ces souvenirs, je me suis exorcisée. La suite ne m'intéresse pas. Quand une route est toute tracée, il ne sert à rien d'en commenter les différentes étapes. Je vais choisir un lieu sûr pour cacher ces pages. Je les relirai

1. Anna Pavlovna était née le 7 janvier 1795 d'après le calendrier julien utilisé en Russie. Ce calendrier étant, au XVIIIe siècle, en retard de onze jours sur le calendrier grégorien en usage ailleurs, le 7 janvier 1795 en Russie correspondait au 18 janvier 1795 aux Pays-Bas.

peut-être, avec un sourire, quand je serai vieille. A moins que je ne les brûle avant. Pour être tout à fait tranquille, je dois me persuader que je suis née quelque part en Hollande ou en Belgique et que Napoléon n'a jamais songé à me prendre pour femme.

Postface

Le 25 août 1830, une émeute éclata à Bruxelles. Les troupes hollandaises, cernées dans le Parc, capitulèrent. L'indépendance de la Belgique fut proclamée. Le jeune Etat, placé sous l'égide de la France et de l'Angleterre, choisit pour souverain Léopold de Saxe-Cobourg-Gotha. Guillaume Ier accepta de reconnaître les frontières du nouveau royaume par le traité de Londres. En 1840, écœuré, déconsidéré, il abdiquait en faveur de son fils, Guillaume II. Devenue reine des Pays-Bas, Anna s'employa à animer la vie de la cour et à gagner la sympathie de ses sujets. Son mari eut l'habileté d'éviter que son pays ne subît le contrecoup de la révolution de 1848 en France. L'octroi qu'il fit d'une constitution parlementaire apaisa à temps les esprits surchauffés. Mais il n'eut guère l'occasion de poursuivre cette entreprise libérale. L'année suivante, épuisé par la maladie et les soucis, il expirait dans sa résidence de Tilburg.

Cette mort, survenant après celle de son fils Alexandre, bouleversa Anna au point qu'elle décida de se retirer de la vie publique. Guillaume III occupait à présent, avec fermeté, le trône de son père. Quant à Anna, elle se consacrait à la piété et aux bonnes œuvres. Peut-être avait-elle été émue jadis, en apprenant l'arrivée en France de la dépouille de Napoléon et son transfert solennel à l'église des Invalides. Mais elle n'en avait rien laissé paraître. Le temps accomplissait sur elle son inexorable travail d'effacement. Cloîtrée dans son château de Soestdijk, elle tuait les heures en peignant et en faisant de la tapisserie. Dans son entourage, on l'appelait « Sa Majesté impériale et royale », par référence à sa lointaine et haute origine. Parfois elle se promenait dans le parc du château, accompagnée des six lévriers barzoïs qu'on lui avait envoyés de Russie et à qui elle parlait en russe. Elle s'éteignit le 1er mars 1865, à l'âge de soixante-dix ans. Le service funèbre fut célébré par son chapelain privé selon le rite de la religion orthodoxe, à laquelle elle était restée fidèle jusqu'au bout. Elle fut enterrée aux côtés de son mari, à Delft. Sans doute eût-elle préféré reposer sous le dôme des Invalides, dans le glorieux voisinage de « l'Ogre corse ». Mais il est des souhaits qu'une honnête femme n'oserait avouer, fût-ce à elle-même, sur son lit de mort.

DU MÊME AUTEUR

Romans isolés

FAUX JOUR (Plon) – Prix Populiste 1935
LE VIVIER (Plon)
GRANDEUR NATURE (Plon)
L'ARAIGNE (Plon) – Prix Goncourt 1938
LE MORT SAISIT LE VIF (Plon)
LE SIGNE DU TAUREAU (Plon)
LA TÊTE SUR LES ÉPAULES (Plon)
UNE EXTRÊME AMITIÉ (La Table Ronde)
LA NEIGE EN DEUIL (Flammarion)
LA PIERRE, LA FEUILLE ET LES CISEAUX (Flammarion)
ANNE PRÉDAILLE (Flammarion)
GRIMBOSQ (Flammarion)
LE FRONT DANS LES NUAGES (Flammarion)
LE PRISONNIER N° 1 (Flammarion)
LE PAIN DE L'ÉTRANGER (Flammarion)
LA DÉRISION (Flammarion)
MARIE KARPOVNA (Flammarion)
LE BRUIT SOLITAIRE DU CŒUR (Flammarion)
TOUTE MA VIE SERA MENSONGE (Flammarion)
LA GOUVERNANTE FRANÇAISE (Flammarion)
LA FEMME DE DAVID (Flammarion)
ALIOCHA (Flammarion)
YOURI (Flammarion)
LE CHANT DES INSENSÉS (Flammarion)
LE MARCHAND DE MASQUES (Flammarion)
LE DÉFI D'OLGA (Flammarion)
VOTRE TRÈS HUMBLE ET TRÈS OBÉISSANT SERVITEUR (Flammarion)
L'AFFAIRE CRÉMONNIÈRE (Flammarion)
LE FILS DU SATRAPE (Grasset)
NAMOUNA OU LA CHALEUR ANIMALE (Grasset)
LA BALLERINE DE SAINT-PÉTERSBOURG (Plon)
LA FILLE DE L'ÉCRIVAIN (Grasset)
L'ÉTAGE DES BOUFFONS (Grasset)

Cycles romanesques

LES SEMAILLES ET LES MOISSONS (Plon)
I – LES SEMAILLES ET LES MOISSONS
II – AMÉLIE
III – LA GRIVE
IV – TENDRE ET VIOLENTE ÉLISABETH
V – LA RENCONTRE

LES EYGLETIÈRE (Flammarion)
I – LES EYGLETIÈRE
II – LA FAIM DES LIONCEAUX
III – LA MALANDRE

LA LUMIÈRE DES JUSTES (Flammarion)
I – LES COMPAGNONS DU COQUELICOT
II – LA BARYNIA
III – LA GLOIRE DES VAINCUS
IV – LES DAMES DE SIBÉRIE
V – SOPHIE OU LA FIN DES COMBATS

LES HÉRITIERS DE L'AVENIR (Flammarion)
I – LE CAHIER
II – CENT UN COUPS DE CANON
III – L'ÉLÉPHANT BLANC

TANT QUE LA TERRE DURERA... (La Table Ronde)
I – TANT QUE LA TERRE DURERA...
II – LE SAC ET LA CENDRE
III – ÉTRANGERS SUR LA TERRE

LE MOSCOVITE (Flammarion)
I – LE MOSCOVITE
II – LES DÉSORDRES SECRETS
III – LES FEUX DU MATIN

VIOU (Flammarion)
I – VIOU
II – A DEMAIN, SYLVIE
III – LE TROISIÈME BONHEUR

Nouvelles

LA CLEF DE VOÛTE (Plon)
LA FOSSE COMMUNE (Plon)
LE JUGEMENT DE DIEU (Plon)
DU PHILANTHROPE À LA ROUQUINE (Flammarion)
LE GESTE D'ÈVE (Flammarion)
LES AILES DU DIABLE (Flammarion)
L'ÉTERNEL CONTRETEMPS (Albin Michel)

Biographies

DOSTOÏEVSKI (Fayard)
POUCHKINE (Perrin)
L'ÉTRANGE DESTIN DE LERMONTOV (Perrin)
TOLSTOÏ (Fayard)
GOGOL (Flammarion)
CATHERINE LA GRANDE (Flammarion)
PIERRE LE GRAND (Flammarion)
ALEXANDRE Ier (Flammarion)
IVAN LE TERRIBLE (Flammarion)
TCHEKHOV (Flammarion)
TOURGUENIEV (Flammarion)
GORKI (Flammarion)
FLAUBERT (Flammarion)
MAUPASSANT (Flammarion)
ALEXANDRE II (Flammarion)
NICOLAS II (Flammarion)
ZOLA (Flammarion)
VERLAINE (Flammarion)
BAUDELAIRE (Flammarion)
BALZAC (Flammarion)
RASPOUTINE (Flammarion)
JULIETTE DROUET (Flammarion)
TERRIBLES TSARINES (Grasset)
LES TURBULENCES D'UNE GRANDE FAMILLE (Grasset)

NICOLAS Ier (Perrin)
MARINA TSVETAEVA, *l'éternelle insurgée* (Grasset)
PAUL Ier, LE TSAR MAL AIMÉ (Grasset)
LA BARONNE ET LE MUSICIEN, *Madame von Meck et Tchaïkovski* (Grasset)
ALEXANDRE III, LE TSAR DES NEIGES (Grasset)

Essais, voyages, divers

LA CASE DE L'ONCLE SAM (La Table Ronde)
DE GRATTE-CIEL EN COCOTIER (Plon)
SAINTE RUSSIE, *Réflexions et souvenirs* (Grasset)
LES PONTS DE PARIS, *illustré d'aquarelles* (Flammarion)
NAISSANCE D'UNE DAUPHINE (Gallimard)
LA VIE QUOTIDIENNE EN RUSSIE AU TEMPS DU DERNIER TSAR (Hachette)
UN SI LONG CHEMIN (Stock)

Théâtre

LES VIVANTS (André Bonne)

Impression réalisée sur CAMERON par

BUSSIÈRE CAMEDAN IMPRIMERIES

GROUPE CPI

à Saint-Amand-Montrond (Cher)
pour le compte des Éditions Grasset
en septembre 2004

N° d'édition : 13419. — N° d'impression : 043703/4.
Dépôt légal : septembre 2004.

Imprimé en France

ISBN 2-246-67601-0